人间最后一封信

薛晓萍◎著

长江出版传媒 | 长江文艺出版社

北京长江新世纪文化传媒有限公司
www.cjxinshiji.com
出品

老年人生活启示录

——序薛晓萍《人间最后一封信》

汪兆骞

先说几句闲话，为人作序，常被诟病。依据是明顾炎武《日知录》中有“人之患在好为人序”，此语也未必。序者，作“叙”或称“引”，多系对作家作品详说和有关问题的研究阐发，古有杜预之《春秋序》，柳宗元之《送薛存义序》，到鲁迅，为人作序百篇。事实是，这些序都对原著起到画龙点睛的作用，“好为人序”，何“患”之有？

笔者当了一辈子职业编辑，伏在案头，窗外春秋数易，头由青丝到花白，一直为人作嫁衣裳。阅选其稿，修润其稿，校对其稿，“缀文者情动而辞发，观文者披文以入情”，既“入情”，自然就有所悟，而作家多有“论文期摘瑕，求友惟攻阙”的雅量，作序顺理成章。才有深浅，序有文野，另当别论。

退休之后，因文字而结识薛晓萍。她先后拿来三部书稿，希望我为之作序。那时，我正紧张地为自己的七卷本《民国清流》系列做准备，将全部精力和灵魂都投入关于传统文化，关于人文精神，关于学人风骨等的思考之中。民国文人可歌可泣的人生传奇及世纪之变经历着的种种文化苦痛；百年后沧海桑田，也让我感受着与前贤相似的苦困而不能自拔。

但我深知业余作者创作之甘苦，为他们做些力所能及的事，义不容辞。没想到，我竟被她的书稿深深打动。“登山则情满于山，观海则意溢于海。”薛晓萍观察世界独有的灵性和眼光，让我惊喜。其笔触所呈现的生活中那些丰富的细节，展示的原生态世俗人物及命运的别样风景，及故事里的个人与时代共振的精神频度，自出机杼，鸾回凤惊。

就这样，我竟相继为她在作家出版社出版的《青春狼痕》《情书·情殇》和《悦读福气》三部书都作了长序。

当我的七卷本民国大师集体传记，相继出版了六卷，收官的第七卷也将偃旗息鼓，我并未感到轻松。即将与大师们告别之际，我在叩问自己，这部书是否无愧于历史，是否对得起那些终身呵护文化若生命的文化大师，陷入惶惑不安之中时，出版界的朋友突然登门提醒我，几年前我向他推荐的薛晓萍《人间最后一封信》一书，即将付梓，我曾信誓旦旦许诺为之作的序，也该交稿了。千金之诺，岂能食言，我得感谢薛晓萍，因要为之作序，让我逃离痛苦的自我的叩问。

如果说前面提到的薛晓萍那三部书，写的是个人生活的雪泥鸿爪，岁月漫掩，余情缠绕，与流年风雨中的焦灼与悲欢，让我们看到社会人生的种种面容和风景的话，那么《人间最后一封信》则是一部关于老人生命及意义的书。书中对老人自我、自尊、真诚、宽容、幸福、孤寂、痛苦、抱怨及至死亡，都有生动深刻的描述和评说。

当薛晓萍的生命也步入夕阳之后，在家人的支持之下，毅然辞去高收入的会计师工作，开始一门心思地专职到养老机构做助老义工，并组织义工公益团队，不舍昼夜地到各养老院陪伴老人，陪他们谈心读书，与他们成为知心朋友。此外，她还组建了公益团队——银龄书院。

作为作家，薛晓萍一直关注老人群体的生命状态及精神状态。老人的“孤灯不明思欲绝，卷帷望月空长叹”的孤寂感，常常让薛晓萍肝肠寸断。

社会急速发展与转型的过程，父辈子辈两代人传统的家庭关系，发生巨大变化，孝道丢弃，亲情疏离，赡养缺失，老人孤寂失落，渴求亲情回应，已成为家庭常态。老人或在万籁无声中流泪，或在金鼓喧阗的节日中沉默。薛晓萍在漫长的助老义工的过程中敏锐地发现了这一“但愁花有语，不为老人开”的社会问题，诚如诺奖得主日本的川端康成所说：“美在于发现，在于邂逅，是机缘。”于是，薛晓萍将之置于一定的社会背景之下转化为文字形象，在论述中充满爱怜眷顾之情，同时带温暖冷峻的自审。更让人欣赏的是，她在社会结构和观念正发生变化时，所持的冷静、公正和乐观的态度。没有因老人闲梳白发对残阳的孤寂，而否定社会在探索着前行，也没因物欲横流而抱怨改革开放，自己不扮演指责社会充当判官的角色，而是将孤老社会问题视为时代变革的一种现象看待，相信随着人的主体精神提高和社会道德进步，问题会得到解决，人和社会总会和谐。因此《人间最后一封信》对老人孤寂的审美价值，是一种新的开拓。

《人间最后一封信》由几个真实的人生故事组成一道极具悲怆与欢乐的和谐人生风景。它真实、丰富、生动、精彩、深刻，不输给虚构的小说。如当真相大白，误会解除，女儿向父亲“忏悔：爸我错了”；一对老夫妻住养老院，亲人“骨肉决裂”，十年不来探望；“世间情”，儿子恩断义绝，老母将遗产留给相伴的小狗；战争年代，老兵被救“勿忘我，铭记一生的陌生之恩”；“爱与救赎，美人迟暮”，一生等待，与恋人终成眷属；“一生情，飞机上，生死关头定终身”……

《人间最后一封信》叙述故事时，特别注重挖掘外部事物在人物内心引起的反应和人物的心理情绪与外在环境变化的关系，读者可从心理的、伦理的和社会历史的不同层面对它进行分析。我们面对的是一个被人遗忘了的老人群体的生命肌体。那里有海洋般宽阔的生命阅历，平凡却足以积羽沉舟。那里有高山般的精神的岩浆，虽老迈却积储着巨大的力量，他们的命运是我们命运的一面镜子。所有的故事，都是真实的，其真实性存在于现实社会生活中，存在于艺术逻辑的可能性中，重要的是，这些故事里寄托着包括作者在内的老人的人生理想。生活中原本沉闷压抑的气息，被荡气回肠的世间真情驱散，但它留下的悲怆性色彩并没有被淡化，足以给人以警醒。

老人的孤独晚景和心境，不仅仅是心理感受，它还是一种认识自身和观看世界的方法，因而也就必然有其历史性和社会性的内容。从这个意义上讲，《人间最后一封信》是部老年生活启示录。

是为序。

写于丁酉除夕

人间最后一封信

目录

CONTENTS

THE LAST LETTER

THE LAST LETTER

忏悔

爸，我错了

主人公小传
名　字：李琴
性　别：女
年　龄：64 岁
职　业：退休技术员
居住地：广州越秀区

"爸！爸！爸！"一声接一声，凄厉的叫喊声，透过产房厚重的铁门，从门缝溜了出来，在楼道里游荡回响。

这奇怪的叫喊声，让守候在产房外的人们疑惑不已。门里不时传出护士的责怪声："你生孩子叫什么你爸呀！叫你爸管用吗？！"听不到别的声音，只是"爸！爸！爸"那一声接一声的呼唤，叫得人心里感到丝丝疼痛。忽然，一句特别的话，震撼了在场所有的人："爸，我错了！爸，我错了！"

好奇、惊讶，写在了人们脸上，这些等候着亲人生产的人们，暂时忘却了自己的家人，都在极力探听着，猜测这是怎样的一个女子，怎会在她生产时发出这样的叫声，大家面面相觑、低头私语。这时，只见一个小护士冲出手术室的铁门，飞快地跑向护士站，对值班护士说："快，快给我一张纸，里面的产妇要写遗嘱。"

大家的心都提到了嗓子眼儿。

"怎么了，怎么了？"

小护士气喘吁吁地和她的同伴说道："那个产妇最开始叫她爸，叫了半天。然后呢，就说要纸写遗嘱。我说至于吗，护士长说：'你不知道女人生孩子就是和阎王爷隔着一层窗户纸。她要写就给她写，找纸去吧。'"小护士一边说着，一边接过护士站护士递过来的一沓白纸，飞快地跑进了手术室。

这时，手术室外面的人们，似乎把心都悬在了那个神秘产妇身上，那个在生产时哭喊着叫爸爸的产妇。

窗外的波斯菊开得正旺，这座由老厂房改造的咖啡屋非常有旧屋的感觉。斑驳的阳光照射在没有任何装饰的墙面上。坐在室内秋千卡座上，我望着面前这个穿着时尚、谈吐文雅的女子，简直不相信刚才那段描述竟出自她的口。

我搅动着咖啡勺，她摸摸索索从那个精致的品牌包里拿出了一张泛黄的纸，递给我说："你看看，这就是那天我写下的遗书。"

自从北京市建立中华遗嘱库，可以为80岁以上老人无偿办理遗嘱事宜之后，立遗嘱的老人越来越多。特别是在北京的那些养老机构，人头攒动，无数老人预约排队，等候着工作人员为他们办理遗嘱。

立遗嘱，这是过去人们觉得不可思议的事情，现在则认为是社会发展进步、文明开放的表现，老人们可以在自己生命尚在、思维清晰的时候，写下最后最真实的想法。毕竟有些话，现在不说，就真的来不及了。为了倾听老人们的心声，也为了探究隐藏在遗嘱背后的故事和情感，我在几个养老社区做义工的同时，也不停地奔波采访。

可是我怎么也没有想到，今天看到的这份遗嘱竟是写在某医院护士记录病人发烧情况的记录表上，上面歪歪扭扭地写着这样一些文字——

孩子，不管你是男孩，还是女孩，你一定要记住，是妈妈自愿用生命来换你，妈妈走了以后，你要督促爸爸赶快给你找个新妈妈。

妈妈会在天上看着你，只要你对新妈妈好，新妈妈就会像我一样疼爱你。一定要记住，“保孩子”是妈妈的心愿，是妈妈自愿的，你千万不要责怪你的爸爸。

另外，我的好孩子，请你一定替我好好孝敬你的姥爷——我的爸爸。请一定代你的妈妈向你的姥爷说声对不起。你要记住，不要责怪你的爸爸，爸爸和妈妈一样地爱你。妈妈愿意用自己的生命换来你的出生。记住了，宝宝，我真舍不得你——还没见过面的宝宝。

我逐字逐句看完了这封遗嘱。开头那两个大大的黑字——遗嘱，特别醒目。我难以想象，这是她在 23 岁的时候写下的。我看了看那张纸，又看了看对面这个少妇，没有发问，也没有说什么，只是把这封遗嘱捧在手里又看了一遍。

她搅动着咖啡勺的手慢慢停下来，端起咖啡，优雅地抿了一口。然后放下杯子，眼里噙着泪，对我讲述了她那难忘的故事——

我从出生就没有见过妈妈，听邻居们讲，妈妈是在生我的时候去世的。小时候，我只记得爸爸很疼爱我，经常把我放在脖子上——北京话叫“嘿儿搂着”，就是“驮着”——驮着我去厂甸赶庙会。我手里举着一串大大的糖葫芦，或者拿着一支大冰棍，总之，那时候家里条件还可以，爸爸在一个工厂做技术工人，收入很高。爸爸对我，那真是含在嘴里怕化了，捧在手里怕碎了。

可是，就在我上小学的时候，我发现爸爸不会给我梳辫子。小的时候是否梳辫子倒也无所谓，要上学了，看人家都编了漂漂亮亮的辫子，我那时头发已有齐腰那么长了，可是爸爸编不好。我自己编呢，都是反辫。那天，我又梳了两个反辫子去上学。被班里一个男生揪着说：“看看看，这就是没妈的孩子，没人管，两个大反辫，就来了。”

同学们的哄笑声激怒了我，我奋力反抗着说：“你们才是没有妈呢，我有妈。我爸说了，我妈支援三线去了，过些年就回来。”那个男生竟然还揪着我的辫子说：“谁说的，那是骗你的，你妈早死了，生你那天，你妈就死了。”

我没有上课，背着书包就跑回了家。爸爸上班去了，家里没有人，我就坐在院子中间哭。

西屋的杨奶奶把我搂在怀里说：“孩子，怎么了？是没带书包，还是不会写作业？”

我哭着问杨奶奶：“我妈到底去哪了？平时我爸爸总说，我妈去支援三线了，过些年就回来，是吗？”

我话还没说完，杨奶奶就扑簌簌地掉下了眼泪。杨奶奶说："好孩子，奶奶不忍心告诉你——你妈妈没了。"

我说："什么叫没了？别人都有妈。"

杨奶奶说："你妈生你的时候难产，大夫说，大人和孩子只能保一个。没办法，你妈走得太早了，生下你就走了。也可怜你爸爸这些年，拉扯着你也不容易。"

杨奶奶的话，我再也听不进去了，我只听见了一句"大人和孩子只能保一个"，那一定是我爸爸要求保孩子，而放弃了大人。我挣脱了杨奶奶，一口气跑到爸爸的工厂——那时我们都住在工厂家属院，离爸爸工作的地方不远。

跑过去找到爸爸后，我又哭又喊，又抓又闹："你赔我妈妈！你赔我妈妈！"好几个工友叔叔都过来抢着把我抱住，有人把我驮在脖子上，但我跳下来，继续捶打爸爸。爸爸什么话都不说，只是一下一下地替我抹眼泪，而爸爸的眼泪也滴答滴答地流了下来。看见爸爸流泪，我有点害怕了，可能也是闹够了，乏了，就被爸爸的一个工友驮着背回了家。

回到家我醒了，我又跳下来扑到爸爸身上，使劲地抓着爸爸，挠爸爸，把爸爸的脸都挠破了："你赔我妈妈，你赔我妈妈，你赔我妈妈。"

这时院子外面围了很多人，杨奶奶、李阿姨等等都来了。杨奶奶把我抱在怀里，拍着我的后背说："孩子呀，你可不能这样说你爸，你爸也是没法子呀。"杨奶奶越是这样说，我越是仇恨我爸，语无伦次地说了下面这些话："就是你，保大人还是保孩子，你偏偏要保孩子。人家谁家妈妈生孩子，妈妈都好好的，孩子也好好的嘛。咱们这个院里面所有的孩子、我所有的同学都有妈妈，只有我……就是你害得我没有妈妈，就是你害得我没有人帮我梳辫子。我们同学的小辫能梳十几个，像新疆姑娘一样，而我就只两条辫子，梳的还是反辫，还被男生笑话。我恨你,我恨你,你不是我爸爸。你是杀人犯。”

爸爸闷头坐在门槛上，一言不发。有人劝我爸爸，有人哄我。就这样闹哄哄的，天黑了。杨奶奶对爸爸说 ：“你去吃口饭吧，我把孩子抱我那儿吃去。”

到了杨奶奶家，杨奶奶给我做了疙瘩汤，我喝了一碗。我说 ：“杨奶奶，我不回家，我不要我爸了，我就在您这儿睡行吗？”

杨奶奶说 ：“行，行。”

杨奶奶还没把我哄睡着，我又想到明天还要上学，还是没有人给我梳辫子，就对杨奶奶说 ：“奶奶，您把辫子给我剪了吧，剪得短短的，给我剃成光头吧！”

杨奶奶哭了，她说 ：“孩子，一个小女孩子怎么能剃光头呢，以后奶奶天天给你梳辫子，好不好？”

寂静的空气好像凝固了，搅动的咖啡勺也停止了，对面的她哽咽着说不下去了。我默默地递给她一张纸巾，她没有接，也没有擦去眼泪，而是在那里低声地抽泣。我知道，当人触动了心底最脆弱的那根神经时，那是何等的痛。这种痛是刻骨铭心的，任别人百般劝，任别人百般哄，都无济于事。那是心底的痛，让她哭出来吧。哭出来会好一些，眼泪可以减轻痛苦。果然，过了一会儿，她轻轻地擦拭了眼睛，我没有说什么，只是拉住了她的手，轻轻地拍了拍她的手背。她继续说道——

杨奶奶哭了，我却没哭，我心想 ：我没有妈，我爸杀了我妈，那么以后我也不认我爸，我就不梳头，我就剃寸头。杨奶奶听我讲了这种想法，说道："那可不行。那这样吧，我给你剪短了，剪个娃娃头怎么样？"

小孩子毕竟是小孩子，我一想，娃娃头也挺好看的："行啊，那您就给我剪吧。"我就一骨碌爬起来坐在椅子上，让杨奶奶拿剪刀，把我那两条辫子剪掉了。奶奶给我剪了个娃娃头，第二天早上，我到院子里的水管那儿洗了把脸。然后，胡噜胡噜头发，这头发就顺顺溜溜趴在耳边，还挺利索。以后看他们男生还怎么揪我的小辫儿——没有了。

就这样背着书包，刚要上学去，爸爸叫住了我，说："菊儿，来吃饭，爸爸给你烤的馒头片，还有你最爱吃的辣三丁。"

我说："不吃，你不是我爸，你是杀死我妈妈的杀人犯。"我边说边往外走，爸爸追出来硬是往我书包里放了个馒头，里面还夹着辣炒三丁。这是我最爱吃的，是爸爸用泡过的黄豆和咸菜丁、葱丁一起炒的。虽然没有肉，但是也很香。

从那以后，班里的男生再也没人揪我辫子了，而且我想，我虽然没有妈，但我就要活出有妈的样子，不能让别人再欺负我。于是我就努力学习，成绩特别好——人家都说剖腹产的孩子聪明，我可能就是这样，因为妈妈难产，最后我是剖腹而生，所以我很聪明，一直名列前茅。而且我还特别爱做好事，因为我不愿意让爸爸送我上学，我就每天早早吃完早点，跑到学校打扫卫生——扫教室，擦黑板。所以同学们选我当了大队长。

我仍然每天上学、下学，但就是不理爸爸。他做饭叫我，我就吃，但我不叫他爸爸，坚决不叫。

爸爸单位有家属顶替名额，我初中毕业后爸爸就申请提前退休，让我顶替接班进了工厂。

就在爸爸和我说顶替接班的事的时候，我也没有叫他一声爸爸，我心想：你这叫赎罪，你赎吧。你赎罪，我就去。去了我就好好干，干出个样儿给你看看，然后把你养我这16年的钱还给你。

到了工厂，我特别勤快。下了班也不想回家，不愿意看见我爸。我下班后就奔食堂，帮助大师傅们打饭，在窗口卖饭。早上早早去，打扫车间，而且我还会写板报。不久，我就当上了厂团支部书记，还成了一个专职的团干部。

后来有的师傅开始给我介绍对象，有一个技术员，家是外地的，他喜欢我，经常约我去看电影，上图书馆看书。我呢，不管读什么书，总联想起我爸来。读《复活》，我就想，我爸养我是为了救赎他自己的灵魂，因为是他杀了我妈。你想想，那时候我怎么那么糊涂，竟然这样看我爸爸。

我要结婚了，男朋友去我家，我爸爸特别高兴，热情招待他，我也不叫他爸。结婚的时候呢，当时因为我是团支部书记，很革命，也极左，就说："我们不办婚礼，也不收份子钱，我们去旅行吧。"我就和男朋友到外地旅行一趟回来，叫"旅行结婚"，给大家发点儿喜糖。从此，我搬出家和爱人住在了单位的另一套宿舍，虽然离我爸爸不远，但我基本不回家看他。只是每个月发了工资后，我才回去一趟给他送一点钱去。

那时候学徒工每月工资是16块钱，我们转正以后是30多块。我每个月保证给他送去10块钱。每次开支后给我爸爸送钱那天，还没走到家门口，就能闻到爸爸炒的辣三丁的味道。后来，家里条件渐渐地好转起来，我爸爸就在辣三丁里加了肉，那炒得真是喷喷香。每次我都很想吃，特别是那年我怀孕了，给爸爸去送钱，闻着香气扑鼻的辣三丁，我真的走不动，想吃到了极点。

我从 6 岁上学到 16 岁进工厂，然后刚到 22 岁的法定年龄就结婚了,但从没叫过我爸。那天我真的想叫他一声“爸”，可还是憋住了，没叫他，只是说道:“给我装点儿，我带走。”我爸特高兴，因为以前我回来，根本不和他说话，他问什么就只是“嗯”一声。“你工作忙吗？”“嗯。”“你们过得好吗？”“嗯。”从来就是一个“嗯”字代替,这次我多说了一句“给我装点儿，我带走”，我爸就高兴得像慌了神一样，给我装了一大饭盒。而且又磨磨叽叽地从柜子里拿出了几个红苹果:“你吃吧,你吃吧。”这次我没有拒绝,可能是怀孕了,要当母亲了,心有点软了。但出了门，我又怨恨自己，我怎么没拒绝呢。

当时我爱人特别同情爸爸,隔三岔五就去我爸爸家看看。帮我爸爸换煤气，打扫屋子，洗衣服。我知道，但是我没有说他。我觉得他愿意帮就帮吧。只是逢年过节的时候，我们俩才一起回去，是他叫我一块儿回的。那时候最好的酒是四特酒，我俩给我爸买了瓶四特酒，买了点儿稻香村的点心，但我还是没有叫他爸。我真的从心里解不开这个疙瘩，迈不过这个坎儿。很多人都说:“这个坎儿就像门槛，如果迈过去，就进了房门，或者是出了屋门；如果迈不过去，那就永远是一道坎儿，永远卡在心头，卡着你的脚步。”这话说得真对，我还真就是迈不过去。

直到那年我生小孩，医生说难产。那时候医疗水平有限，医疗器械也有限。我当时听接生的医生跟护士说："赶紧问！找家属问问是保大人还是保孩子。"就这一句话，"保大人还是保孩子"，一下子拨动了我的心弦，触动了我最痛的那根神经。我声嘶力竭地叫起来。我以为我会叫出"保大人"，但没有。我从心底由衷地喊出了："保孩子，保孩子，保孩子。"喊完以后，一阵阵疼痛袭来，我渐渐有点迷糊了。在迷幻中，我竟然恍恍惚惚地看到了妈妈生我的那一幕，我不知道那究竟是我做的梦，还是我恍惚中把现在的自己想象成了当年的妈妈（杨奶奶老说我和妈妈长得特别像），抑或是当年的情景奇迹般地在我脑海中留下了一丝印象，然后我凭借想象进行了发挥。总之，那情景是如此逼真，如此鲜活——

妈妈像我一样梳着两条大辫子，躺在产床上。爸爸在手术室外，焦急地走着，双手不停地搓着，一会儿抓抓头，一会儿捶捶胸，不停地来回走动。当医生问"保孩子还是保大人"时，爸爸非常坚决地说："保大人，保大人！"妈妈被透过门缝飘进来的声音震醒了，她突然来了力气，大声地叫道："不，不，保孩子，保孩子！"

手术室外，爸爸也发出了怒吼，像狂奔、狂叫的老牛的声音一样，"哞哞哞"的，回声很大："保大人！保大人！你怎么那么糊涂？保大人！保大人！"小护士为难了："到底是保谁呀？只能保一个。"可能爸爸也是急昏了头，就只会大声地喊着："保大人，保大人！"然后把手握成拳状，使劲捶打着墙，告诉手术室里的妈妈："要听我的话，保大人，保大人！"

可是妈妈也发怒了，就像一头受伤的母狮面对别人要来侵吞它的幼狮一样发怒，也把手握成拳状，捶打着那张产床，把产床捶得叽里嘎啦乱响，大声喊着：“不，不，保孩子，保孩子。”

小护士不知所措，忽略了一个重要的情节，签字。爸爸是急疯了，爸爸心疼自己的爱人。

杨奶奶说过，爸爸和我妈妈感情很好，他们两个是小学同学和中学同学，又一同进了工厂，一同上了工人夜校。他们特别地恩爱，从没吵过架。爸爸每天骑自行车带着妈妈上班。妈妈坐在爸爸的车架后面，揽着爸爸的腰，总是把头贴在爸爸的腰身上。那一副幸福的模样，让邻居们都很羡慕。他们在家属院是出了名的模范夫妻，并且有特别的好人缘。外面来了好多工友都赞同爸爸说：“保大人。”可是不知怎么回事，小护士竟然举着那张病危通知单在妈妈面前晃。躺在产床前的妈妈，一把就要过了这个人命攸关的签字书，毅然签上了自己的名字和意见——保孩子！

最后医生按照妈妈的意愿采取了措施。虽然他们也尽力了，想大人和孩子都保住，但那时候，医疗设备和技术都有限。最终，他们只是用剖腹产剖出了我，而妈妈就此离我而去。真的就是应了那句话：“生孩子就是一道鬼门关，儿奔生，娘奔死。”一瞬间，我和妈妈就阴阳两隔了。

我就在这样迷迷糊糊、断断续续，一会儿醒，一会儿晕的过程中，被阵痛袭击着，被幻象一次一次震撼着。我突然明白了：不怪我的爸爸，是我妈妈自愿的，我今天不也是这样吗？我不是也甘愿用自己的生命，换取这还没有谋过面的孩子吗？

母爱，瞬间在我的心头油然而生。母爱的伟大，就在于她的无私，不管她以后能否见到孩子，只要是身上的一块肉即将从身上掉下来时，生死攸关、人命关天的瞬间，母亲都会把自己的生死置之度外，为了孩子什么都舍得，甚至是自己的生命。

想通后，悔恨也一下子涌上我的心头。我在生下孩子，死去之前，一定要向爸爸忏悔，因此我拼了命地喊道："爸，爸，我错了！……"

二十多年了，我没有叫一声爸。"爸，我错了！"我充满了忏悔的叫喊惹怒了护士，她们不知道怎么回事，大声责怪我："你生孩子，叫什么你爸！"她们谴责我，她们刺痛我，我都不在乎。因为她们不知道我的心底有多痛，这时候生孩子的阵痛，远远比不上我内疚的心痛。

我愧对我爸爸，我误解了我爸爸，他那么深爱我，我竟然二十多年都没有叫他一声爸爸。老话说"不生儿不知父母恩"，我真的体会到了。于是，我发了疯似的，一点不顾颜面地叫道："给我拿纸，我要写遗嘱。给我拿纸，我要写遗书。"于是，我就在这种情况下写下了这份遗书。

一阵手机铃声响，她打开手机接听电话，马上就说："老妈，你们在那儿玩得好吗？"

话筒里传来她老妈的声音："太好了，我们住的是湖景房，千岛湖真美呀，真是个夏天避暑的好地方，跟北戴河可不一样，北戴河太大了，看了眼晕。这呢，都是小岛，而且花草特别特别多。一会儿我就和你爸去外面遛弯儿。"

她满脸都是笑容，笑呵呵地说："老妈，您可不许乱跑，要不我二哥该说我了。”

“你放心吧，你二嫂比我们还疯呢，这不非要拉着我们去湖边钓鱼。说一会儿还要带我们去健身房，你说她多疯啊。怎么样啊，闺女，你干吗呢？”

“老妈，放心吧，我没事。这次是二嫂陪你们去，等到冬天就该我陪你们，我跟你们一块儿上三亚。我现在和一个朋友在咖啡厅喝咖啡呢。”

“好好，那我就不打扰你了，你和你爸说吧。”

“不说了，你们俩在一块儿，我就不跟我爸多说了。老妈，您千万注意身体，有事千万千万要和我们说。必须保证每天早请示晚汇报，知道吗？”

只听电话里面老妈哈哈大笑说：“知道了，知道了。”

她又叮嘱了一句：“不管去哪，把手机挂好，把小牌牌挂上。”

她笑着挂了电话。看我满脸疑惑，她说道：“我的遗嘱故事还长着呢，我接着跟你说。”

我说：“不急，你喝咖啡。”

她又端起咖啡盅抿了一口，我则把目光投向了窗外的几簇波斯菊，有黄色的、粉色的、白色的，长得不那么壮实，显然是疏于管理，但是更彰显出它们那种野性，那种生机勃勃。

对于咖啡厅的装饰方式，我最不能接受的就是用一些假花、假草和几个小篱笆桩摆出的那种虚假的氛围。哪怕是一碟蒜苗，它生出的也是嫩绿的翠芽，也让人心生欢喜。只有有生命力的东西，才是最旺盛的，才是最能让人接受的。我等待着她再次开口。

她笑眯眯地接着说：“就在我写下遗书的那一瞬间，不知道是不是我的良心发现感动了上天，或者是冥冥之中我的妈妈在保佑着我。尽管妈妈一个人在天国，可她一定在看着我，她不希望我像她那样，她希望我好好活着，因为她知道没妈的孩子有多苦……"

她又一次陷入了悲痛。我再一次抓住了她的手。这次只有那么一瞬间，她就调整好了自己，继续微笑道："是啊，没妈的孩子，真的很苦。别人有花衣服穿，我没有；别人可以变着花样梳辫子，可以别很漂亮的发卡，我没有。好在我一直都是短发，甚至到后来剃成了像男孩一样的寸头，这样也过来了。好在爸爸呢，也慢慢适应了我不理睬他的生活。每天照样帮我做好饭菜，洗好衣服，等着我放学回家，我基本上过的是无忧无虑的日子，只是心里边有点苦。"

她又喝了一小口咖啡，继续讲道——

生下孩子后，我就想，可能是我的妈妈不想让我的孩子像我一样，所以妈妈给了我神力，竟然在那一瞬间，非常顺利地产下了我的宝宝。

医生们都说："嘿，她这遗书写得还真管用，看来这遗书不像人们说的那样不好。遗书，可能也避邪吧。"在医生和护士的雀跃声中，我也清醒了，我知道我又回到了爸爸身边，我要好好孝顺爸爸。

躺在产床上，我又满怀愧疚地回忆起自己经历的那些特别不靠谱、不懂事的事。记得在我上小学三年级的时候，爸爸单位的一个阿姨，总过来帮我洗衣服，还给我做小花裙。后来我听杨奶奶说，这是工会主席给我爸爸介绍的对象，要给我当后妈。

我一听就火了，我没有亲妈，我也不要后妈。于是，只要她一来，我就坐在大门口哭着哼唱："小白菜呀地里黄呀，两三岁上没了娘呀。跟着爹爹还好过呀，只怕爹爹娶后娘呀。"我不住嘴地唱，一边唱一边哭。有时候哭累了就接着唱，唱累了又接着哭。三番五次之后，那个阿姨就再也不来了。

杨奶奶把我拽回家，狠狠地戳了我两指头说："傻丫头，你慢慢会长大的，可你爸慢慢会老的，得让你爸找个伴儿。你怎么这么不懂事啊。"我特别嘴硬地说："谁让他把我妈杀死的。"

杨奶奶说："哎哟，我的孩子，不是你爸杀的你妈，是你妈生你，才走的。你不能怪你爸。"

"就怪我爸，就怪我爸。保大人还是保孩子，他就不能说都保？别人家都保，怎么就我们家非让我妈走呢？"

杨奶奶说："好好好，好个犟丫头，我说不过你，你就瞧着你爸天天老，老了没人管吧。"

我说："我管。"

杨奶奶说："你管什么呀，你整天虎着个脸，连一声爸都不叫，你管什么？"

我说："我管他吃，管他喝，管他拉，管他……什么都管。"

杨奶奶说："哎哟，傻孩子，傻丫头，等你将来当了妈，就知道了。"杨奶奶的话，当时我没往心里去，也不知道什么意思，只是坚决反对我爸给我找后妈。

后来工会主席又给我爸介绍了一个阿姨。我就又开始唱上了"小白菜啊地里黄呀，两三岁上没了娘呀。"这首歌我才唱了两遍，那个阿姨抬腿就走了。

从此以后，我们家再也没有阿姨敢来了。工会主席，见到我就杵着我的头说："好你个小犟丫头，你就让你爹打一辈子光棍吧。"我就冲着工会主席叔叔使劲撇了撇嘴说："就是，就是。"

那时候也不懂什么叫打光棍，只是觉得我和我爸这样过不是也挺好嘛。我爸给我做饭，我回家吃了饭，写作业；我在学校得奖状，开家长会老师表扬我，我爸乐得嘴都合不上，回家就给我买红果冰棍，要不然就给我炒辣三丁，做疙瘩汤，都是我爱吃的。

就这样，我躺在医院病床上，反复思考着，我怎么那么浑，我怎么那么不懂事。

我下决心要改正，当我爱人来了——那时候没有手机，也没有电话——我跟他说："快快，你把爸叫来。"

他说："这不让来那么多家属，都有时间限制的。"

我说："你别进来，让我爸进来。"

他把我爸带到医院病房，可是我一看，特别惊讶，那是我爸吗？怎么那么老了？！我小时候骑在我爸脖子上，他驮着我，去厂甸买糖葫芦，多有劲。那腰挺挺的，那身板杠杠的，我爸能把我一直从这头扛到那头，连买糖葫芦都不用把我放下来，递给人家钱，拿着糖葫芦往上一举："闺女接着。"我就接着。怎么现在我才发现我爸满脸皱纹，头发全是白的，那背驼得呀。

我真有点惊呆了。我坐起身，叫了一声："爸。"

我爸大手就挥过来了，我还以为他要打我呢。

我爸抓住我的肩膀说："不说了，闺女，不说了。你刚生完孩子，什么都不说。"

我那时候真的是一股脑儿把所有的悔恨、自责，都哭了出来。我那真是号啕大哭，把护士、医生都给哭过来了，说：“这可不行，你这刚生完孩子，不准哭，会把眼睛哭坏的。”

我爸用他那大手，还像小时候一样，给我擦着眼泪咕哝着：“不哭了，孩子，不哭了。有话咱回家说，有话咱回家说。”

回到家以后，在月子里我就四处托人，给我爸找对象。我爸在街道人缘特别好，手臂时常戴着一个小红箍，跟着大家一块儿去巡逻，帮助打扫卫生，所以大家都愿意帮忙介绍。

有人给介绍了一个老姑娘，由于家里出身不好，这么多年一直没结婚。大家都说好，我说：“不行，我不能找这样的。我要给我爸找一个老伴儿，我还得给我自己找几个哥、姐。”

杨奶奶那时候已经年岁很大了，笑着说：“还没有见过你这样的呢，那前一窝后一灶的，不好过。”

我说：“没事，只要我对人家好，人家就会对我好。我一定拿她当亲妈待。”

就这样张阿姨走进了我的家。张阿姨有三个孩子，我没见张阿姨之前，就先和她的孩子们见了面，因为她也是我们工厂的退休工人，大家也算是半熟脸儿。我就直接让介绍人带我去她家，我对她的三个孩子说：“大哥，二哥，姐姐，我比你们都小，我妈生下我就走了，我特别想有个妈。而且我特别想有哥哥、姐姐能帮着我、照顾我。我先跟你们说好了，我爸如果能和你们的妈妈走到一块儿——当然是他们自愿地能结合在一块儿——咱们就是一家人。我会做衣服，我给你们孩子做衣服。我会做饭，我给你们做饭。什么都行，就是你们得跟我好。”

她这几个孩子都笑成了一团。他们说："行。我们都认你这个小妹妹了。我们的爸爸工伤去世好几年了，现在我们也想给妈妈找个伴儿。也知道你爸爸的为人，让他们两个好好处吧。"

就这样处了有一年多，我爸和杨阿姨结婚了。我在婚礼上作了一个特别棒的发言。我说："我爸爸是个老工人，有退休工资，退休工资还比较高，又有公费医疗，不会有生活问题。如果我爸真有了病，我可以一个人照顾他，不用你们上手，也不让咱妈受累。如果咱妈要是有了病，你们都忙的话，我自己来照顾。等我退休以后我来照顾咱妈，你们没意见吧？"

大哥、二哥和姐姐都笑着说："瞧你说的，要照顾咱们一起照顾。"

我说："我爸也有房子，也是两居室。这样他们愿意住哪边就住哪边。"

没想到我爸和我妈当场做了个决定，也把我们震了一下。他们竟然说，以后要去养老院，把房子出租，把租金给我们的孩子们做补贴。我们当时都拒绝了。

我们赶紧说："怎么了，你们为什么要去养老院？那可不能去，要去人家该说我们不孝顺了。"

我这个妈特别开明，就说："不是的，你们理解错了，我们是说老了以后，也就是我们七八十岁了，我们就去养老院。你们不用管我们。我们俩就这么打算的。"

我说："好，好。"

老人这么高兴，我们几个人也是特别开心。

逢年过节我们一大家子，大哥带点儿熟食，二哥带点儿水果，姐姐带点儿蔬菜，我呢，张罗做一大桌子饭菜。这几家人在一起，那叫一个热闹，那叫一个红火。我真的找到了有妈的感觉。

我这个妈呀，怕我不会带孩子，给我的小孩做了好多套棉袄、棉裤，说："穿脏了，尿湿了，你来不及拆洗，你就给我放着，给我送过来。给她多弄几套，别让孩子受了委屈。你小时候就受委屈，不能让我的外孙女也受委屈。"说得我心里热乎乎的。不说别的，光我们孩子的奶瓶我妈就买了七八个："你上班忙，来不及刷怎么办呢？放那，等我去了再刷。"那时候我们都时兴自己带孩子，而且把孩子放托儿所。我妈和我爸没事就跑托儿所门口，看这孩子去。我哥我姐家的孩子也都上学了，我爸我妈就帮着接送。

不知不觉，很多年过去了，他们快八十岁了，那时候，北京就有很多高档养老院。他们要求去养老院。我们四个孩子商量着给他们找了一个特别好的养老院，先交一部分钱，然后他们就可以在全国十几个地方候鸟式养老，冬天去三亚、广西，夏天去千岛湖、北戴河，秋天就在北京。我们几个人也基本都退休了，轮流陪着他们出去。

我真的没想到，写了一份遗书，竟让我如醍醐灌顶一样猛醒过来，就是这份遗书，使我认识到了以前对我爸犯下的过错，使我改变了做人的方法，使我自己心胸开阔起来，给我爸找了个伴儿。我自己也找到了哥哥姐姐，有了这么一个大家庭。

现在人们都说，人和人之间缺少信任，人和人之间不好相处，亲兄妹还有时为房子闹到法庭。可是我们这些没有任何血缘关系的兄妹怎么能和睦相处呢？当然，也有人说，你站着说话不腰疼，因为你们都有房子。

我说不是，有房没房固然是个因素，但关键是你心里怎么想。因为我想得到这个大家庭的温暖，我就要先付出我的温暖，他们呢，看到了我的努力，也承认了我的努力，受到了我的感染，必然也这样做。人心都是肉长的，如果大家都能付出真心，都能够孝敬老人，有什么不好相处的？

换句话说，我爸爸老了，有这么一个老妈在他旁边陪着他，一起唱唱歌、跳跳舞，旅游、看病，帮他取个药，多好啊。我们也省心。

而他们老妈呢，作为一个女同志，老了以后，更需要一个男人的肩膀靠靠，我爸爸又高又壮，陪着她一起逛街，大家都说妈妈像小鸟依人一般。

其实，如果真为爸妈好，聪明的儿女就不会阻碍爸妈再婚。这是我的心里话。我不知道你会不会把我这些话写出来，但是我想说出来。为什么？我就想告诉天下的孩子们，父母是世上最疼爱自己的人，用自己的真心去疼爱父母吧，用各种方式。千万不要像我那样，一直等到临死前写下那份遗书，才醒悟过来，才拯救了我后半生的幸福。

所以，我真的希望，做儿女的都好好地用心去孝敬自己的老爸老妈。爸妈是这个世界上最疼我们的人。

她激动地说完了这番话，我也有些心酸。我长嘘了一口气，对她说："谢谢你。好好保存你这份遗嘱，等你老了的时候，拿给你的女儿看。"

她说："当然了，我现在不能让他们看。看了，准会吓他们一跳。”

她露出了真挚的笑容，我也微笑着和她握手道别。

离开前，我忍不住又回头看了看窗外那一丛波斯菊，真的好像没人修理过，就那样胡乱地长在地上，长在那棵树下，可是却那样生机勃勃。

THE LAST LETTER

决裂

骨肉10年不来见

主人公小传

名　字：李木、金琳夫妇

年　龄：均是72岁

职　业：均是退休教师

居住地：北京某养老机构

“无边思雨细如愁”。这牛毛细雨轻轻地洒下，浇不透人的衣衫，却能浇透人的心底。

我和学生思思走进养老院的大门，只见梧桐树下，那把长椅旁边放着一辆轮椅，他推着他的老伴儿，静静地坐在那里。他们没有打伞，各自戴着一顶草帽，只听长者念道：“梧桐更兼细雨，到黄昏、点点滴滴。这次第，怎一个愁字了得！”

我知道梧桐雨又触动了他的心思。我们都管他叫后悔哥。

后悔哥推着老伴儿静静地坐在这里，嘴里不住地颠来倒去地背诵着那些愁语愁思的诗句。他是一个中学语文老师，对文学颇为热爱。

我轻轻地坐在了他的身边，他摆摆手说："不用劝我，我明白是我们当父母的做错了，是我们当年那份遗嘱写错了。我们对儿女不公，所以他们才会这样对待我们，10 年了，10 年了，不理睬我们呀。"

我的学生思思不解地问："怎么会有不公啊，您有哪些不公啊？"

后悔哥哭着说："哎，就是老人做错了，孩子们不原谅，你知道巴尔扎克的《欧也妮·葛朗台》里有句话，当年我给学生讲的时候，就不知道为什么，突然心像被马蜂蜇了一下，'儿女得罪了父母，很快就会得到父母的原谅。但是如果父母今生得罪了儿女，那今生将得不到原谅。'当时不知道为什么，我的心真的疼了一下，谁知道没隔多少年，这疼，真的就像马蜂刺一样蜇到了我的心底。"

停了一会儿，后悔哥接着讲述他的故事——

10 年前，我和老伴儿都退休了，身体又不太好。我们有一双儿女是龙凤胎。儿子要结婚，没有房，女方提出来没有楼房绝不登记。女儿也要结婚，找了个女婿是外地大学生，各方面条件都好，但家在农村，在北京也没有房。

我们老两口儿在学校分了一套房子，是两居室，还有老家留下来的两间大北房也特别好，我们老两口就寻思着，既然两个孩子都要成家，我们就搬到养老院去，把房子给孩子们分了。

当时怪我们也没有征求孩子们的意见就决定：把楼房给儿子大龙，过户在大龙名下；把那两间北房过户到女儿小凤的名下。没想到女儿看到这两个房本就急了，和我们大吵大闹。他哥哥只比她早出生了几分钟，不过哥哥总是让着她。她仗着是妹妹，总是什么都拔尖，在家里面她说了算。这次哥哥没让她，因为哥哥的女朋友说了，没有楼房绝不结婚。所以哥哥拿着房本高高兴兴地去和女朋友报喜了。女儿却拿着这个房本又哭又闹，不依不饶。

没办法，我和老伴儿匆匆忙忙把家里收拾收拾，找到了这家养老院。我们俩的退休金加起来，住在养老院没有一点问题，所以就赶快搬了过来。

离开了平时四口人欢欢乐乐的那个家，我们的心情很郁闷。我们多么盼望这双儿女能来看我们呀。特别是我们刚住进来的时候，院里人很少。那年春节，院里一共 30 多个老人，几乎都回去了。就剩下我们两个，院长安排食堂给我们包了饺子，还留了一个工作人员陪着我们。可是我们两个人想家，想孩子，给儿子打电话，儿子说："行，我在丈母娘家呢，第一年嘛，我得跟这儿过，明天我和媳妇儿去看你们。"

老伴儿有些高兴，说："行，咱们等着明天儿媳妇来看咱们。"

给女儿打电话，女儿把电话给挂了，无论是老伴儿打，还是我打，还是这儿的护工打，她都不接电话。

老伴儿伤心，没吃几个饺子，也没看春节联欢晚会，我们就睡下了。第二天早上，老伴儿早早地就起床收拾屋子，然后去大门口等儿子和儿媳妇。

这是我们第二次见儿媳妇，老伴儿包了一个 6600 元的大红包。一见儿媳妇的面，老伴儿就赶快抓住儿媳妇的手把红包递给她："孩子，这是你过门的第一个春节，妈妈给的压岁钱。"儿媳妇乖巧地叫着妈："谢谢妈，谢谢妈。"

老伴儿也是高兴，就扯着我说："老头子，儿媳妇叫你爸了，你还不给儿媳妇点钱。”慌得我赶快又拿出 3000 块钱，递给了儿媳。儿媳和儿子高兴得陪我们老两口儿在附近吃了顿午饭。

吃完饭，儿子、儿媳把我们俩送回来，然后放下一些水果就走了。老伴儿和我高兴得这一整天都乐呵呵的，逢人就说：“儿媳真漂亮，真好，儿子真有眼光。真盼着明年就给我们生个大孙子。”

我们两个人坐在床头，就商量着给孙子起什么名，我们说着笑着忘记了周围的一切。直到晚上护工敲门把饭端来时，我们才想起今天这楼里只有我们两个人。

外面漆黑一片，是那样的寂寞。忽然外面鞭炮声响起，我们知道这是大年初一了。初一的鞭炮噼里啪啦，是那样脆，那样响。我们想象着其他家人，都在放鞭炮，都在吃饺子，而我们两个却在这城外，在养老院孤独地度过这除夕夜。

第二天我们又给女儿打电话，她还是不接。就这样，一天，一月，一年，三年了，三年来女儿从来不接我们的电话，也不来看我们。儿子倒是时常来，有时还带着小孙子一起过来。可是突然家里又发生了一件事，给我和老伴儿带来了沉重的打击。

后悔哥说到这儿，被老伴儿拉了拉手，老伴儿中风了，中风以后不会说话。但是她心里明白，也听得懂后悔哥的话，她拽了拽后悔哥的手，可能是不想让他再说下去。后悔哥拍了拍她的手背说：“没事。和薛老师唠叨唠叨心里痛快。”

这时雨还没有停，仍旧像那扯不断的思绪往下飘着，落在人的头上、睫毛上，就像挂着的泪珠一样，闪闪的。

旁边有几丛榆叶梅，花都凋谢了，长出了翠绿的叶子，真的就像榆树的叶子。开春的时候，我曾和他们坐在这里，欣赏那花团锦簇的美丽的榆叶梅花。当时我推着他的老伴儿，到花前照相，她急切地摆摆手。后悔哥说："自从10年前住进来，她就从来不在这里照相，当时她就说住养老院是我们无奈的选择，绝不能在这留下照片。我们每天翻看的照片都是在家里照的，无论是在平房，还是在楼房，都是家里的照片。她不喜欢住养老院，她惧怕这种孤独。"

我望了望身边的小路，这条路直通养老院的大门口，笔直的一条路，两旁种了梧桐树，阔大的树叶遮天蔽日。夏天，这里是老人们乘凉的好地方。冬天，呼呼啦啦的西北风把树叶吹落在小路上，像一条色彩斑斓的毯子，直通到院外。

后悔哥的老伴儿自从生病之后，每天都要坐在这里，其他任何位置都不坐。日复一日，年复一年，院里的老人和新来的老人都知道这个惯例，不管有多少人，大家都不会坐那个位置，甚至有人站着也要把位置留给她。因为他们知道后悔哥的老伴儿只坐在这里，眼睛直勾勾地看着大门外。她在盼，盼着她的女儿来看她。

这时，我轻轻唤了一句："后悔哥，那儿子不是常来吗？"

后悔哥一脸苦笑说："莫提莫提，不要再提他。儿子也不来了。"

我诧异。思思愤怒地说："为什么？为什么？他们为什么不来看你们？"

后悔哥又吟了一句诗："唉，往事思悠悠啊。问君能有几多愁，恰似一江春水向东流啊。"然后向我们讲述起来——

就在我们住进来的第三个年头，女儿住的那个平房赶上了拆迁，分了他们两套两居室。本来儿子和儿媳过得好好的，一听说妹妹那儿分了两套两居室，急了。就来找妹妹理论，想要走一套，妹妹不给。

儿子和儿媳就闹到了我们这里，儿媳拉着老伴儿的手说："你不能这么偏心，人家都说了，婆媳永远是天敌，婆婆没有对儿媳好的。当初你对我这么好，就是让我给你生孙子，现在孙子生出来了，你还是把两套房都给你女儿了，你就是偏心就是偏心。"

老伴儿经不住儿媳的哭闹，一下背过气中风了，不能说话了。我以为女儿这次应该说从吃亏变成捡了大便宜，该来看看我们了。就给女儿打电话，谁知她还是不接电话。还好女婿是个明白人。他是个中学老师，时不时来看我们，给我们带一些消息。在我老伴儿住院的日子里，是女婿陪着我一起照顾老伴儿。可是听他的同事打电话断断续续说，女儿不但责怪他，还给他气受。因为他们家里有个女儿，所以家里可能也忙点。我就让他以后不要来了，我自已照顾老伴儿。

在医院我服侍老伴儿整整三个月。老伴儿刚能够慢慢地走一点路，也就是歪歪扭扭地走一点，我们就回到了养老院。老伴儿开始坐上轮椅，而且落下了一个毛病，就是每天都要坐在这长凳上，顺着这条大路，直勾勾地盯着大门口，盼着儿子来，盼着女儿来。

女儿和儿子为这两套房产打得不亦乐乎，最后儿媳还起诉到了法院，提出要把这三套房子平分。

法官到养老院找到我们，我说："怎么分啊，这三套房子可不是三堆苹果呀。我把它称一称，分成两份。哪怕一个苹果不好分，我把它切成两半，就像你们小时候，做新衣服都是你一套，他一套。一个苹果给你一半，他一半。女儿呢，那时候很矫情，分了苹果总要先咬一口哥哥的，哥哥也不计较。你们现在大了，大了之后怎么这样计较呢？”

法官也很同情我，说：“那你的意思是怎么办呢？”我说：“房子都过在他们自己名下了，我没有房子，并且现在和老伴儿住在养老院，我没有发言权，也没有权利处置这个房子。”

法院希望我们出面给他们俩调解一下。可是催了他们几次谁都不来养老院。我不知道最后法院怎么判的，因为儿子和女儿都不来看我们了。儿子已经 7 年不来，女儿则已经整整 10 年没来了。

“十年生死两茫茫”。他们不惦记他们的爹娘，可我们还惦记着他们啊，一双龙凤胎。你们知道当年为养他们，为供他们上学我们吃了多少苦啊。那时候他们两个把妈妈的肚子撑得老大。我老伴儿的脚肿得连拖鞋都穿不了。我用好几块棉布给她缝了一双拖鞋。她还要去上班，不上班就要扣工资。那时候产假 56 天。你要是提前歇了，后面就没办法带孩子。

每天，我用自行车驮着他们妈妈去工厂上班。下了班再把她接回来。好几次啊，推着他们妈妈走在路上，一步一滑，因为那时候，每天都粮食定量，我都给了他们妈妈吃，我吃得很少。头晕，头重脚轻的。

由于怕自己一失手，歪了车把他们妈妈摔倒，把两个孩子摔掉，我就咬着牙坚持。有的时候，就把上身整个趴在自行车把上，这样一步一步挪回来。进了家门，把老伴儿安顿在炕上，把她的腿抬到炕沿上，让她歇歇腿，我又忙着去蒸窝头，也没有什么营养。可是为了两个孩子，我还得想办法为他们弄营养啊。所以时不时地，我还得买点肉给他们增加点营养。

生他们俩的时候更难了。大夫说他们两个只能保住一个，我老伴儿哭得呀，求人家要保就保一双吧，一个可怎么活呀。老伴儿一边吸着氧，一边哭着说着求大夫，那时候也不兴塞红包，我就给大夫磕头作揖："求求你们，把两个孩子都生下来吧，都生下来吧！"结果老伴儿整整哭叫了三天三夜。那哭声凄厉得大家都在外面落泪呀。那叫"哭"吗？那叫"号"啊，是号叫啊。最后她一点力气都没有了。两个孩子是通过剖腹产手术剖出来的。

一生下来，他们就有些缺氧，都放在暖箱，那暖箱每天要收费的。后来孩子稍稍好一点，他们的妈妈刀口还没有愈合，我就把他们都抱了回来，那时候就我和他们妈那点工资还不够给他们订奶呢。每天订七八瓶奶啊。时不时地，还煮个鸡蛋黄让他们吃。就这样一口一口把他们慢慢喂大。慢慢日子好过了，工资也高一些了。他们的费用也跟着高了。要上学，学费、书本费、课外活动费，弄得我们老两口儿是紧紧巴巴的。

每当我们日子特别难的时候，我们俩就笑着说："不怕，现在咱们有两个孩子，将来老了儿子那儿住几天，闺女那儿住几天，咱们有人给养老，儿孙满堂多好啊。"

我们盼啊盼啊。盼着他们给我们养老，可是盼来盼去我们无家可归，走进了养老院。不过住养老院的人也不是只有我们俩。尤其这几年人越来越多。就我们这个养老院现在排队都排到了 3 年以后。在我们南方一般不太愿意住养老院。可现在南方养老院越办越好。我们可以在这儿和大家一起唱歌、跳舞，还可以和大家一起去旅游，所以很多老年人都来养老院。很多孩子也很孝顺，把爸妈送来以后，每周都来。像我们旁边的高奶奶，人家每个周末都会高高兴兴地大声说：

“回家了，儿子来接我了。”高奶奶每次这么一说，我老伴儿就流眼泪。

因为我们想起来了，孩子小时候，一到放学的时候，我和她一手牵一个回家的情景。可如今，我们没有家可回了，也没有人接我们回家。我们两个以前描绘的那幅蓝图——在儿子家住几天，在女儿家住几天，然后我们大家在一起过年包饺子的情景——从来没有出现。真的是他们一结婚我们就无家可归呀。

后悔哥说到这儿，他的老伴儿眼角流下了一滴泪，和头上的毛毛细雨融合在一起，化作一大滴泪，“吧嗒”一声，落在了她的身上，她的胸襟前。

思思已经哭了，哭着说：“不行，我要去找他们。我要找他们，找他们。”我拉住思思的手，顺势擦了擦自己的泪，然后俯下身抱了抱坐在轮椅上的后悔哥的老伴儿。脸挨着脸，我感到湿漉漉的，原来他老伴儿脸上已全是泪水，不是雨珠，是泪水，真正的泪流满面。

可就这样，她还是不住地回头，盯着那门口看。我站起身，把后悔哥脸上的泪擦掉。然后我说：“后悔哥你坐一坐，我陪着姐姐走一走。”刚要往前走，后悔哥赶紧说：“不行不行，不能掉头走，她只能迎着门口走。到了门口你往回折的时候，可不能让她背对着门口，你得倒着走，她得一直看着门口。”

思思哭出了声：“不要不要，我要找你们的儿女，我要找你们的儿女。”

我和思思推着轮椅上的大姐姐，把她推到了养老院的大门口，离大门口越近，这个姐姐越是兴奋，她在轮椅上坐立不安，扭来扭去。思思马上撑开了伞，说：“可能奶奶怕淋湿了吧？”我说：“不是。她是有一种期盼，盼着她女儿的身影出现，盼着她儿子的身影出现，盼着她孙子的身影出现，盼着她外孙女的身影出现。”思思又哭了。我也说不下去了。

我们到了大门口，姐姐坐在轮椅上，用手死死地抓住轮椅的把柄，不让再前行。我们知道，她害怕转身。害怕她转身的一瞬间，儿女意外到访，她不能第一眼看到他们的身影。于是我们按照后悔哥的嘱托，仍然让姐姐面向大门口，我和思思也面朝大门口倒着走。我们慢慢地，默默地拉着轮椅往回走，一步一步往后退。以前从来没有往后退着走过，原来退着走竟是这样吃力，这样艰难。

希望是人前进的路标，是人前进的动力。后退呢？后退则是人生最沮丧的，是人生最不情愿的，谁愿意后退呢？后退真的很难很难。

一步一步，我们就这样，在泥泞的路上挪着。

一片梧桐叶不知被什么搅动了，“哗”地一下掉下来，刚好落在后悔哥身上。

后悔哥捡起这片梧桐叶又说起来：“薛老师，前一段时间有人来院里宣讲，老龄人立遗嘱的事情。中华遗嘱库，可以免费为我们做遗嘱。我跟老伴儿说好了，我们这样写：通过几次涨工资，我们工资够吃够喝够花，这养老院一直没有涨价，所以我们每个月还会有一两千块钱的存款。这10年我们也攒了一点钱，有几万块钱了。我们俩想着，这回啊，我们可一定要给他们分公平了，一定要一人一半。就是角、分也给他分清了。

“还有啊，听说我们去世以后，丧葬费是按多少个月的工资补发的。我们就想了，那他们两个人，如果说一个人来安葬我们，他们得了那个费用就会又吵架，那怎么办呢？我们两个人都写好了，哪天你去我那儿看看，我们这么写的——

“当年我们第一次立遗嘱，得罪了女儿，那是因为我分配不公，我们一直生活在自责当中。

“10年了，10年来我们都在自责。女儿，我们亏欠了你。可是后来拆迁你又比哥哥多了一套房。我们又亏欠了儿子。

“儿子啊，爸爸也亏欠你，女儿啊，妈妈也亏欠你。怎么办呢？我们死后可不能再亏欠你们了。所以我们决定我们的丧事，交给养老院来操办。国家补发我们的钱，由养老院用于我们的安葬。我们不立墓碑，也不要墓地，把我们放在火化场以后，估计你们也不会去取骨灰，我们也不让任何人帮我们取，我们就自生自灭吧。“化作春泥更护花”，也算是我们对养育我们的大地的一种报答。

“我们和养老院说好了，等我们去世后，我们工资卡里面的余额和丧葬费的余额，一定一定是除以二，平均分配给你们。不会有一分一厘的偏差了。爸爸妈妈不想再对你们任何一个孩子有一点的不公啊。我和老伴儿都摁了手印，摁这个手印的时候，我的心真的一直在自责，我这一辈子讲究个公平，可是我对我的儿女没有一碗水端平啊。

“这种自责你们不知道，比巴尔扎克说的那句话还难受，还难过啊。就这样我们两个人时时在拷问着自己的良心，你干吗不把房子卖了给他们分钱啊。唉，话又说回来了，分了钱，那时候上哪儿去买房呢？

“10 年了，10 年来我们就这样盼啊盼啊，盼不来他们一点点消息。倒是前些日子，女婿带着他的女儿来和我们告别。他女儿要到北京去读书了，女婿和女儿也离婚了，因为他说，他是个外地农民的孩子，知道孝的重要。可是他看到女儿对我们的不孝，任他怎么劝，女儿都不答应来看我们。他很心凉，很心寒。所以，他陪着他的女儿去北京读书了，跟我女儿离婚了。我们听到这个消息，心里真的真的不好受。你看，还是我们当年造的孽，让女儿记恨我们，让女儿也失去了这么好的丈夫。女婿啊，这是我们造的孽啊。我们什么时候，才能把我们这个罪孽赎清呢？”

思思跺着脚说：“爷爷，爷爷，不是你们的罪，不是你们的罪。你们没有错，你们没有错。”

后悔哥摆摆手说：“不，父母对儿女有错是一辈子都不会原谅自己的。我们欠了儿女的，我们今生都得不到安宁。而我的老伴儿得了这场病以后，这 10 年，天天啊，一年 365 天，10 年 3650 天，都是坐在这儿等待女儿来看她，等待儿子来看她。

“我们这边有个望夫崖，有块望夫石，那是一个思念远方丈夫的夫人最后化作了一块石头，而石头的脸颊上还留着泪痕。我看我的老伴儿，将来就会化作一尊盼儿、盼女的雕像矗立在这里。我不想她这样活着，可是没有办法。谁让当年我们造下孽呢，我们对孩子们不公啊，不公正自有天来惩罚。儿女们对我们的惩罚不知道何时才是期限呢。

“长亭更短亭，这期限未免太长了吧。我不知道老伴儿还要盼多久，我不知道我自己还能撑多久。”

后悔哥说着说着眼角又落下了一滴泪。就在这时候我们看到他老伴儿突然精神振奋了一下。原来那边“喵喵”叫着跑过来一只大黑猫。

后悔哥破涕为笑，说："看看，虽是一只流浪猫，我老伴从生病以后，它就这样跟着我们。老伴儿让我给它带点粮食，有时候我们就带些吃剩的饭菜，冬天了还给它买点猫粮。

"这个猫咪，不管多少老人拿多新鲜的鱼啊肉啊给它吃，它都不去，就跟着我老伴儿。一看我老伴儿在那儿慢慢地自己推着这个轮椅往前走，这猫咪就跟在后面，一步都不落，跟着她。有时候我们坐这儿一上午，等吃饭我们才回去，这猫咪啊，就这么陪着。

"有两天啊，我说久病床前无孝子，猫咪啊，如果我不给你吃，看你还会来吗？于是有两天我故意不给它带吃的。可是这猫啊，它照样来。我实在忍不住了，第三天赶紧拿出好多好吃的招待它。这只猫咪啊，真比我那儿女还强呢。猫咪，来来来，让爷爷抱抱。"

黑猫咪那么乖巧，"噌"地一下就蹿到了后悔哥的身上，任由后悔哥抱。这时后悔哥老伴儿也伸出了手，这猫咪竟伸出它那软软的小舌头舔了舔后悔哥老伴儿的手臂，然后跳到她的怀里，"喵喵喵"地叫着。后悔哥老伴儿顺手从车旁的口袋里抓了一把猫粮，用自己的手当托盘托着，让这只猫咪任性地在那儿吃。

梧桐树下这一幕，不知道还要持续多少天，多少年。只是那毛毛细雨还不停地下着，就像那愁人的雨丝，扯不断，理还乱。

这时，透过雨幕看到那榆叶梅在残花的掩映下，竟坠着几颗酸溜溜的梅子。

酸溜溜的梅子黄了。

THE LAST LETTER

世间情

遗产留给小狗而不是儿子

主人公小传

名　字：蒋大慧

性　别：女

年　龄：85岁

职　业：农民

居住地：原居住在北京某养老机构
2016年春天去世

昨夜的一场秋风，吹落了院里的梧桐树叶，飘飘洒洒，落了一地。

清晨，我穿着风衣，戴上墨镜，早早地坐在了院门口的传达室里。我和社工科小李有个约定，今天一定要跟着慧姐，弄清楚她隔两天就出趟门，到底去干吗。她请假说去看老街坊，老街坊到底是谁？她初来乍到，对这里环境还不太熟悉，既怕她走丢，又怕她有心事，于是我们商定由我做一次跟踪采访。

一

不一会儿的工夫，就见慧姐现身了，她围着橙色和绿条格相间的艳丽围巾，穿着黑色风衣，小包斜挎在身前。她刚走出大门，我便蹑手蹑脚跟进。

只见慧姐疾步走向公交车站，这是进城的特 10 路车。不久公交车进站了，慧姐还算敏捷地走到前门，上车，刷卡，旁边有人给她让位子，慧姐说声“谢谢”就坐下了。

我上车，快速刷卡，径直走到车最后一排坐下，把帽檐压得低低的，用余光一直瞄着慧姐，看她在哪站下车。一路上塞车，车子走走停停，好不容易过了一个红绿灯。只见前面橙绿色的围巾晃动了一下，然后站了起来，车子的摇晃使慧姐快速抓住了车栏杆，然后慢慢地向中门移去。

我也快速起身,再一次把墨镜架好,然后跟着慧姐下了车。

慧姐继续向前走，一路没有回头。她不知道后面还有人跟踪。她走到一个十字路口，等到绿灯时，过了马路，又登上了一辆公交车，我也快速跟进。

老办法，上车以后继续往后走，可是车厢里很拥挤，有个年轻人给慧姐让座，而我戴着墨镜，围着头巾，穿着风衣，一副特务打扮，没有人给我让座。后面没有空座位，我只好抓着栏杆，用余光继续盯住慧姐。

车子向前开去，晃晃悠悠一直开了七八站，我又看到慧姐移动身子，嘴里说着：“让让，谢谢！让让，谢谢！”她移到了中门，我也急忙往前挤，不管别人是否白眼相向，挤到中门后，和慧姐一前一后下了车。

映入眼帘的是一片荒芜，遍地瓦砾，再往前走，就能听到远处推土机的轰隆隆声。

她在这片废墟上一边往里走，一边喊着："花儿，花儿，奶奶来了，奶奶来了。"慧姐刚喊了两声，一条黑色的小狗——非常纯正的黑色，黑漆漆的——就像一匹小马驹蹿到了慧姐面前，它并没有叫，只是围着慧姐转，用嘴一会儿揪揪慧姐的衣摆，一会儿揪揪慧姐的裤腿，一会儿又仰起脸看着她。

慧姐用双手托起它的脸，放在自己的脸颊边说："花儿，天冷了，奶奶给你暖暖。唉，奶奶脸还没你的脸热乎呢，你来给奶奶暖暖吧。"

花儿就像听懂了慧姐的话一样，用前爪扒着慧姐的肩头，站得高高的，把脸贴着慧姐的脸。一会儿，可能慧姐暖和过来了，她说道："花儿啊，看奶奶给你带什么了？带鸡蛋了。"

花儿围着慧姐前后左右地转，那个欢实劲儿就像见了久别的亲人一样。慧姐从挎包里拿出一个小红兜，看样子是一个小布兜，她从里面掏出两个鸡蛋和一根香肠，送到了花儿的面前。

慧姐一边磕着鸡蛋一边说："花儿啊，这鸡蛋有点儿凉，你慢慢吃啊，不比在咱家，热乎乎的就能吃到，奶奶现在住进了养老院，不能自己开火，你知道吗？"

花儿懂事地点了点头，等着慧姐给它剥鸡蛋，它半倚半坐在慧姐脚边，慧姐也垫了块砖头坐在地上。席地而坐的慧姐和她身旁这只花儿在这遍地瓦砾中，显得那样孤单，令我陡然想起蒲公英，那总是孤零零的蒲公英。

我不敢向前去，便拿着手机随意拍照，像是来寻找故地的游人，或是来寻找童年记忆的长者。慧姐也没有顾及我的存在，大声和她的花儿说着话："花儿，想奶奶吧？你知道奶奶来一趟要倒两次车呀，这可怎么办呐，花儿？你说那时候让你跟张奶奶走，已经给你送到了张奶奶家，你怎么就不去呢？张奶奶家那些房子空着，她家那里还有一大架葡萄，她们院里种的那些瓜果梨桃足够你吃的，足够你玩的，多好啊！你怎么就不在那儿待呢？"

说到这儿，慧姐用手抚摸着花儿的背，花儿也停止了吃食物，仰着脸冲慧姐摆头。

慧姐说："花儿啊，我知道，我刚走你就追出来了，追出了那么老远。我又把你送回去，你却又追出来，我只好又把你送回去。咱们祖孙俩你送完我，我送你。我送完你，你再送我。张奶奶有点儿生气了，吃醋了，就呵斥你：再跑，再跑你就成了流浪狗、小野狗，就没人要你了，再回来我都不要你。"

"你是不是嫌她骂你小野狗，你不高兴了？"

花儿好像听懂了慧姐的话，竟点了点头，眼睛里还溢出了委屈的泪光，因为我看见慧姐掏出手绢在它脸上擦着。

慧姐继续说："花儿啊，不难过，不哭，这不是没法子吗？我去了养老院，你得找个地儿啊，可你又不在那儿待。其实张奶奶也是好人，她怕你不听话跑丢了变成野狗。你真变成了小野狗，我也就没地找你了，你说我可怎么办呢？"

小花儿好像真的听懂了慧姐的话，停止了咀嚼鸡蛋，仰着脸看着慧姐，慧姐就势把它揽在胸前，对它说："花儿啊，咱俩商量商量，眼看着那边的推土机轰隆隆地已经在推了，你要是还在咱那老房子里待着，哪天他们一推，把你埋进去可怎么办啊？你呀，到别的地儿吧，离得远着点儿，离推土机远着点儿待着，奶奶隔一天准来看你行吗？”

小花儿懂事地点了点头，慧姐说：“来，花儿把这根香肠吃了，吃完奶奶带你遛遛食儿，遛完了食儿，我还得赶回去，我得赶回去吃中午饭啊。要不，回去饭凉了，还要麻烦人家食堂师傅给热。你知道吗，每天这食堂大师傅给你煮鸡蛋就够麻烦人家的，我都不好意思，想着给人家俩钱儿，人家也不要，说院长说了，老人有需求咱就得帮，他们还以为我天天爱吃鸡蛋呢。花儿啊，自从你到了咱家，奶奶我真的不舍得吃一口鸡蛋，知道你爱吃啊。”

小花儿又一次把两个小前爪搭到了慧姐的脖子上，就像撒娇的孩子。慧姐把自己的脸和花儿的脸贴在一起，那情景真的让人很心动，很心疼。

看着慧姐牵着小花儿，一步一步绕着这片废墟走，走来走去走了十几圈，听她对小花儿说：“花儿啊，时候不早了，奶奶还得倒两次车才能回到养老院呢。花儿啊，你记住没有？千万躲那推土机远点儿，躲他们远远的，找个犄角旮旯躲起来，天越来越冷了，奶奶想想办法看给你带哪去，你可不许动，明天我不来，后天一早我就来，啊！”

小花懂事地停止了脚步，站在那儿看着慧姐一步一回头地走远，直到慧姐的身影看不见了。我在后面瞄着，看见这个花儿还在原地站着。我又跟着慧姐，倒两次车回到了敬老院。

二

中午看到慧姐很疲惫地在食堂吃饭，我端着饭碗走过去说：“慧姐，您今天出去了？”

慧姐说："看看老街坊，这不是刚离开有点儿想吗？"

"是啊，谁都念个旧情，有空您就去看看。就是天凉了，路又太远，有空我带您去。"

"哎哟，那怎么好麻烦你。"

"没事，正好，后天我要到市里图书馆复印资料，我可以顺便开车捎您一段，怎么样？"

"您是去城里吗？"

"是啊，我去城南。"

"好，太好了。"

"那咱说好了，后天您想几点走？"

"8点行吗？吃完早点。"

"好，8点，我开车在门口等您。"

一场秋雨一场寒，昨天的一场秋雨把院子里原本还有的一些绿色的树叶全浇成了黄色。金黄色的银杏叶铺满了路面，金灿灿的，看着很是耀眼，也很是心酸。多好的叶子就这样扑扑棱棱地落下了，让老人们不忍心去踩它，希望它厚厚地铺满院子，就像那金色的被子一样为大地盖上，暖暖的。

老人们不忍心看着这么鲜活的嫩叶突然就从树上掉下来，这一情景总让老人们不由得想起叶落归根——叶落那天，就该回归，就该去找自己的妈妈了。每每到了秋天，老人们都会悲情大起。为了疏解老人们的悲秋情怀，院里组织了文艺演出，请文艺团体给大家表演喜剧和相声，九点钟礼堂就该开始表演节目了。

我怕慧姐爽约，就走到她的房间问："慧姐，今天您还去看老街坊吗？”

她说：“去啊。”

“您不看节目吗？今天有相声。”

“不了不了，我还是去看老街坊吧。”

说着，慧姐挎着小包就出来了，挎包里鼓鼓囊囊的，我猜想一定是熟鸡蛋。

我说：“慧姐，我给您送到哪啊？”

她说：“就在厂洼边上。”

我说：“这里没有楼房也没有平房，怎么会有老街坊呢？”

慧姐坐在车上，突然不吱声了，然后低沉地说：“薛老师，我没跟你说实话，我不是来看老街坊，我是来看我家那只狗狗，叫花儿。”

我说：“哦，那行，那您看完它，就在这儿等我。对啦，它会在这儿等您吗？”

“会，我一叫它就出来。”

我说：“好，我跟您一块见见它，然后您跟它坐会儿，我就到图书馆复印个资料，马上就回来接上您。”

慧姐特别不好意思地千恩万谢：“哎呀，那多不好意思，那多不好意思。”

我说：“没关系的，天气这么冷，不要感冒了，您在这儿跟它玩会儿，我快去快回。”

她说：“好吧。”

半小时后我就回来了，真放心不下这一老一小，在这荒郊野外，秋雨刚过，秋风那么凉，那种凉意真的比冬天的寒冷还要刺骨。

我停好车子，慢慢地向他们走去，只见小花儿依偎在它奶奶胸前，听奶奶在和它絮叨着什么，我没有打扰她们。

我就在慧姐身后坐下，小花儿警觉地叫了起来，慧姐说："小花你不要叫，这是我们养老院的薛老师，就是她开车送我来的。一会儿我跟薛老师还得回去，你可一定得看好自己，别让推土机推倒的东西砸着你啊。"

我坐下听慧姐和她的小花在那里絮叨，可能是越坐越凉，我身上都有些发冷了。她站起来说："花儿啊，天太冷了，咱们娘俩老这样也不是个事，要是赶上冬天漫天飞舞的大雪，可怎么办呢？你往哪躲往哪藏呢？要是雪大路滑，我也不能来看你，咱俩谁要有个好歹，另一个可就活不了了。"

我实在听不下去了，走过去扳过慧姐的肩说："慧姐，咱们把它带回去吧。"

慧姐摇着头说："那哪行，不行不行，院里有规定不让养狗的。"我说："我发现咱们院有好多老年人都在院外喂狗，他们说那些是野狗，其实有的就是他们家的。"

"有这事？"

"咱们养老院后门那都是菜地，冬天菜农回去了，狗狗就可以在房子里过冬。"

"我这初来乍到也不知道，真的吗？"

我说："是啊。"

"那敢情好，可是我就怕这个小花儿它进去找我，要老找我，保安就会把它撵走，甚至把它打死。"

我说："慧姐，您家小花儿跟您多少年了？"

她说："10年了，我跟你说说小花儿的故事。"

我说："这样吧，慧姐，我们到车里去说，把它也带到车里。”

“啊？你的车让它上吗？”

我说：“让它坐在前座上，咱俩坐在后面聊聊天好吗？”

慧姐真是喜极而泣，摸着小花儿的头说：“花儿，咱们遇到好人了，我和薛老师商量商量怎么把你带到养老院去。但你坐在车前面不许尿尿不许动，老老实实等着我们商量好就把你带走，咱娘俩就不遭这份罪了，你听懂了吗？”

小花儿真的点了点头，跟着我们走到车门。慧姐从包里拿出几张报纸铺到座位上，小花儿就蹲在脚垫上，我和慧姐坐在车后排座上，开始听她跟我讲小花儿的故事——

那是 10 年前，我家老伴儿突然脑溢血病重，我在医院照顾他，照顾了两年多。

大儿子在东北插队，和当地一个姑娘结了婚，两口子带着一个孩子过得挺好。小儿子在北京工作，也结了婚，还有一个孙子，我们老两口儿和小儿子他们住一套两居室。

从我过来照顾老伴儿后，就他们一家人看家，时不时地，儿子和儿媳妇也过来看看。我们住的这个医院是那种大医院的连锁医院，在郊区，住院费比较便宜，病人还可以自己做吃的，所以相对来说费用比较低，我们老两口儿的退休金就足够了。

那天下着大雪，我从医院回家的路上，听路边一个大纸箱子里传出“吱吱吱”的叫声，像小耗子的声音有气无力的，我好奇地走过去一看，是一只花儿狗，冻得直叫，可它的妈妈不知哪去了，我说这怎么办？抱走吧，要是人家来找呢？我就在那儿犹豫，把我的围巾摘下来给这个小狗包上，抱着它，在那儿等。

不一会儿，就见一只大黑狗过来了，叼着我的衣摆围着我转圈。我想这可能是这个花儿狗的妈妈，它是想让我把它的孩子抱回家，在这儿太冷了，怕它扛不过冬天。我就说："大黑啊，你是不是想把你的这个孩子让我带走？带回家，帮你养着呀？"

这个大黑啊，竟点了点头。

我说："哟，大黑你听懂奶奶的话了，我可真带走了，可是现在我还得照顾老伴儿，我先把它放我们家去，行吗？"

大黑又点了点头，我说："那我可走了，你可别心疼啊。"大黑就用爪子揪着我的衣摆，跟着我走了好远，一直走到院门口，门卫不让它进，它还揪着我。

我说："大黑你是不是还想再看看你的孩子？"我就抱着这只花儿狗，把那围巾打开角让它看。

这一看，不打紧，这大黑狗竟然用舌头舔了舔花儿的脑袋，一下一下舔得我这心啊，就酥了，就泛酸啊。

我说："大黑，要不你还是带回去吧。"

大黑摇了摇头，一下就跑走了。

我赶紧给小儿子打电话说："反正我和你爸都在医院，这个小树呢，在家也没个伴儿，一直张罗要养条小狗，刚人家给条小狗干净着呢，你带回去吧。"

儿子、孙子、媳妇都来了，一直就说要养条小狗，他们到狗市场去转，看上眼的特别贵，看不上眼的又特脏，可是也真奇了，看来这就是缘分，我这儿子、媳妇、小孙子看见这花儿狗，一下子就喜欢上了。

我说："给它起个名吧？"

小孙子就说："叫小花儿。"

我说："干吗叫小花儿？"

小孙子说："它是我妹妹。小树的妹妹小花儿。"

他们就把小花儿抱回去了，养得也挺好。可是没多久，我老伴儿还是没熬过去，走了。

老伴儿走了以后，我就搬回家去住，我带着小树和小花儿在一间，儿子、儿媳妇在一间，一家人过得也挺好，时不时大儿子来个电话，逢年过节还寄点儿榛蘑特产。

可是好日子不长，外边开始吵吵着这边要拆迁，按拆迁政策算来算去就给我们两套房，一套一居，一套两居。

我说："我跟小树小花住一居，你们住两居。"

儿子、儿媳不干了，儿媳妇说："小树还要考大学，让他老跟这个狗住一块儿不行。"

我说："那怎么办呢？"

"您那一居室，将来您孙子结婚用。"

我一听这话，这是撵我走呢，我就给大儿子打电话，大儿子特别开通，说："妈，反正我们也不会回北京了，我们在这儿结婚生子，过得也挺好，您健在时我们回去看看您，将来您老了，我们也就不回去了。您不用为我们着想，我们也不要这房子，您跟我弟弟商量商量，您还是自己住那个一居室吧，将来老了，我们出钱给您雇个保姆。"

我一看大儿子这么开明，心里一块石头落了地，我真怕他们哥儿俩为这房子打起来，吵起来。这么一想我就对小儿子说："既然你哥哥也不打算要这房，你们也说了要给孙子将来结婚用，我也没别人，就这么一个大孙子，这样，我住养老院去，这个两居你们住着，一居让孙子住着，他复习功课也省得被打扰。可有一样，这狗你们得留着，然后把它带到新家去。还有，你们要从这个拆迁款里多少挤几万块钱给你大哥寄过去。”

儿媳妇说:“没问题，没问题，我们给大哥寄五万元。妈，您说给了两套房还剩点儿钱，也就够装修费，但是我们也没事，我们给大哥寄去。”

最后寄没寄，我也不知道。

我就开始找养老院。可是临了临了，他们搬走了，却不带这狗，说是新楼那也不让养狗，我也不知道是真的规定还是假规定，就这样把小花儿扔了。

我那孙子哭啊，给我打电话：“奶奶，我想小花儿，我想小花儿。”

听儿媳妇还在那头骂孙子：“没出息的东西，该考大学了，想什么小花儿，有本事长大后找一个演小花儿的演员给你当媳妇。”

我一听这话，小花儿是回不去了，我就赶回老房子来看小花儿，一叫它真出来了，隔三岔五我就让食堂煮俩鸡蛋，我给小花儿拿来，我们小花儿就爱吃煮鸡蛋。

一直趴着纹丝不动的小花儿，听奶奶说到它，立刻扬起头冲奶奶咧咧嘴。

我说：“你们娘儿俩不离不弃的，将来怎么办？话说这天寒地冻，它将来不就真的得变成那个了？”

知道小花儿讨厌别人说它是野狗，我特意没说出来。

慧姐说：“是啊，你要说咱们那边有空的房子，还可以找个空箱子，那我就把它弄回去。那咱们怎么回去？”

我说：“我拉你们俩回去。”

“能行吗？”

“没问题。”

慧姐推开车门下了车，又拉开前门，小花儿跳了下来。慧姐搬了块砖头坐下，对小花儿说：“来，到奶奶这儿，跟你说点儿事，奶奶这是积了德，行了善，遇见好人了，薛老师愿意把咱俩带回养老院。你别高兴，可不是让你跟我住一块儿，人家养老院都是老人，不能让你进去，我在养老院的后面给你找一空房子，如果没有空房子我就给你找一个大箱子，你记得不？我大儿子带来的装衣服的大箱子，我把衣服拿出来，把那个箱子给你腾出来。对，就用箱子，你住的房子有被拆的时候，那箱子谁也搬不走。我在箱子上边写字，告诉他们不要动，这是我家狗狗的窝，你在那里边过了这个冬天就好了，行吗？”

小花儿点了点头，然后慧姐又说：“可有一条，你不管多想我，不准上院里找我去，你每天早上还是这点，我给你送鸡蛋，晚上我吃完饭给你带点儿剩菜过来，行不行？你要能做到这两点，第一不准进院里找我，第二按点到外边等我吃饭，能做到我就给你带回去，做不到我就给你扔这儿，让你成那个……”

还没等慧姐说出“野狗”两个字，小花儿就真的两眼噙着泪把两只小爪搭在慧姐身上，左边蹭一下右边蹭一下，那个欢快劲儿真的是溢于言表。

我说：“好了，慧姐咱们走吧。”

三

慧姐抱着她的小花儿，我开车到了养老院后门口，那里有几间菜农留下的空房。

慧姐对狗狗说："小花儿你在这儿等我，别在车上了，给人家薛老师的车都弄脏了，你下来在这空地上。我去给你搬箱子，再给你铺床被子，听话啊。"

我说："行吗？"

"行，它听话，它不跑。"

慧姐回了她的寝室。

不一会儿，就见慧姐和一个护工抬着一个空木箱走了出来，空木箱里面还放着一床棉被，一个不锈钢的小碗，里面还盛点儿水。看着慧姐那兴奋的劲儿，就像给自己的儿子娶媳妇安家一样。我们把这个木箱放到了空房里，小花儿高兴得在旁边上蹿下跳，一会儿揪揪这个的衣摆，一会儿揪揪那个的衣摆。本来护工很怕狗，结果被它这么扯来扯去的也很开心。

慧姐要回去吃晚饭了，就对小花儿说："花儿，你在这儿好好待着，我回去吃晚饭，然后给你带点饭菜回来，今天你能吃上热乎饭了，快谢谢薛老师。"

真奇了，小花儿竟然冲着我双手作了个揖，哎呀，把我感动得，我说："这算什么呀，没关系没关系，只要咱们不违反院规，也能满足您的心愿就可以了。"

看着慧姐因为小花儿的到来而变得开朗，笑容满面，我也很高兴。慧姐很快融入了集体，参加了合唱队，参加了读报小组，还教老人们学编织。

不久，我离开养老院去南方采访，直到春节前才回到北京。我再次来到这家养老院，老远就看见社工科小李冲我招手："薛老师，您回来了。"

我赶快问："慧姐怎么样啊？"

小李说："哎呀，别提了，慧姐的小花狗生了只小狗仔，慧姐又高兴又忙。慧姐现在是合唱队的，又是读报小组的，每天都得选报纸，还经常在院刊上发表文章，慧姐文笔可好了，原来人家是语文教师呢。"

我高兴地问："慧姐还给小花儿煮鸡蛋吗？"

"自从小花儿来了以后，她每天早上的鸡蛋就不吃了，留给小花儿吃，后来有人告诉了院长，院长就找她说了：'您每天不吃鸡蛋是不行的，这样吧，您就交个成本钱，每天给您两个鸡蛋。'慧姐可高兴了，和老人们有说有笑，院里有什么活动都积极参加，这不正在排练呢。"

我去练歌房看到慧姐在专注地唱歌，便没有打搅她。只是到了傍晚吃过晚饭，我一个人走到养老院的后门，想看看小花儿在不在。

我刚刚站定，就看见小花带着一只小狗狗摇摇晃晃地到了门口，小花儿的记性真好，它老远就冲着我走过来，而且揪着我的衣摆，围着我转圈，一看就是久别重逢很高兴的样子。

我说："小花儿，听说你做妈妈了？"

嘿，它真的点点头。然后回过身看看她的小狗狗，小狗狗倒也乖巧，倚在妈妈身边瞪着小眼睛看着我。

我说："你一定叫小花仔，小花仔过来，我给你带了香肠。"

小花仔还真的懂事，就看着它的狗妈妈，小花儿接过了香肠，用牙咬断，剥开递给了小花仔，小花仔吃得好香。小花儿在旁边看着，一点儿都不吃。

我说："小花儿你不是最喜欢吃鸡蛋和香肠吗？你怎么不吃啊？"

这时只听慧姐边走边笑呵呵地说："哎呀，薛老师回来了，花儿自从做了妈，就不再贪吃了，要不老话说，不养儿不知父母恩，它这一养儿啊，它可就懂得当父母的不容易了，以前它老是喜欢吃鸡蛋、香肠，现在它一口都不吃，都留给它这儿子吃。"

小花儿看见了慧姐，跑过来用小爪子扳着慧姐的肩头又要亲亲的样子。慧姐说："行了，行了，有客人，薛老师在这儿呢。"

然后就把带的馒头、肉片，倒在它的小碗里，叫小花儿吃，它不吃，它把这小碗用小爪子推到它孩子面前，那孩子也不看妈妈，狼吞虎咽地吃起来。

我说："小花儿，你也吃几口啊。"

慧姐说："它才舍不得吃呢。花仔啊，花仔，你可不能这样，你知道别的狗妈妈生下狗宝宝就都跑了，你这个狗妈妈就跟着你，护着你，你看那天有几个外边的小野孩（慧姐从来不说野狗，怕小花儿不高兴），那几个小野孩小疯孩过来惹你，你看看把你妈急的，上蹿下跳，你妈自从到了我这院门口，从来不叫，因为我跟它有约法三章，不许叫，不许吵，不然就让人家讨厌，人家该把它打走了。

"但你妈那天真急了呀，上蹿下跳地跟人家打，打了这个打那个，最后把它们都给打跑了，才保护你没受伤啊！花仔知道吗，给妈妈留一口。”

真的神了，好像这花仔也听懂了慧姐的话，它真的停止了吃，然后把这个小碗用小爪子推推推，推到了小花儿的跟前，让它妈妈吃，小花儿只是象征性地吃了一点点，就又推给了它的宝贝吃。

哎呀，看着这一幕真的很心动。

慧姐说：“薛老师，不是我爱这些狗狗，不是我舍不得它，它真的很通人性啊！真的！你看，它就这样自己省吃俭用供它的宝宝吃，这不和咱们当年养儿养女一样吗？”

我说：“是啊，怎么样，小儿子来看您了吗？”

“我不让他来，我跟他吵翻了。”

我说：“怎么呢，现在小花儿也安顿好了，你还吵什么呢？”

“我一直没跟你说呀，这话我不敢让小花儿听。花儿吃饱了吗，来，奶奶还给你藏着好吃的呢，花仔吃饱了，来，快把这半块肉饼吃了吧。”

小花儿并没有去接这个肉饼，而是看着它的小宝宝，小花仔摇摇尾巴跑一边玩儿去了，这时，小花儿才用小爪接过肉饼吃了起来，很快吃完了，还冲慧姐扬了扬头，跑走了。

慧姐说：“有些话我不愿意让小花儿听见，小花儿听见会伤心的。你别不信，它真的懂。从我们俩到这儿来以后，我让它每天准时来，它也没有表，怎么知道时间的呢？八点半它准时在这儿等我吃早饭，晚上五点半左右准时来这儿等我，风雨无阻。

“有一天下着大雨，我打着伞一看它还在这儿等我呢，把我心疼的呀。可它就不往我伞底下钻，就让我自己打着，它赶紧叼着食物就跑了。以前每次我们俩分手的时候，它都双腿杵在这儿，看着我进了院它才走。我让那小护工看过，看着它什么时候走，她说看了好几回，都是我进了院，它才走，它决不让我看着它走。可是那天因为下雨，它怕我在雨地里淋着，它就跑了，我这才回去。”

我说："那走，咱们也回去吧。"

等我们进了院，小花儿才带着它的小花仔扭搭扭搭地回去。慧姐的房间很温馨，里面种植了一些多肉小植物，有仙人掌，还有绿萝。

我说："您喜欢植物？"

"对呀，植物和动物都跟咱们人有密切关系，世间万物皆有情。就我那儿子无情无义。"

我说："怎么了？"

慧姐说："他儿子，就我那孙子小树小时候，有一次从床上摔下来了，我们都在厨房做饭呢，而这个小花儿就过去把孩子叼起来，叼到床上，然后又跑出来叫我们。关键它把孩子叼到床上以后，又叼了一个枕头挡住孩子。

"我和儿媳妇就说，咱们在厨房做饭的时候孩子在床上躺着，旁边没放枕头，谁放的呢？后来恍然大悟，原来是小花儿给放了一个枕头，怕他再掉下来，你说这小花儿对他们儿子是不是有救命之恩。

"你想想他们儿子要摔在地上，爬到哪，摸到什么，摔着磕了碰了怎么办？这是不是救命之恩。

"可是他们呢，说把这小花儿扔了就扔了，他们住新楼房了，让我进养老院，我走那天我儿子开车送我，这小花儿就在车后追啊追啊。

“他竟然说什么，妈您甭管它，它再快也跑不过我这四个轮子。给我气的。

“我说，你给我停车。他不停。

“我说，我跳窗户跳车了。他这才停下车。

“我赶紧迎着小花儿跑，我是连滚带爬跑到了小花儿身边，幸好小花儿一把接住了我，要不我非栽地下不可，小花儿特有劲儿。我抱着小花儿，我们娘俩痛哭，我说花儿你再快的腿，你也跑不过他的四个轮子，他真加把油跑起来，你可追不上，不得把你累坏了，我再回来追你，我也这把岁数了，花儿你听奶奶话，明天我就来看你，你在咱老房子墙根儿等着我，听见了吗？

“小花儿听懂了，眼里含着泪，围着我又转了一圈。我又跟它说：‘花儿，你记着，奶奶这辈子没骗过人，也没骗过你，记得上次你跟人家打架弄伤了，我带你去打针，我就说打了针就不疼了，打了针我就带你回家，我不扔你。你虽然淘气，我批评你，但我不会扔掉你，是不是？我伺候你半个月，你才能下地走对不对呀？’小花儿就像孩子似的，害羞又惭愧，又感恩，点点头。花儿啊，你要不让奶奶受罪不让奶奶连滚带爬摔跟头，你就回去吧，明天奶奶一定来看你。

“就这样，小花儿原地不动一直看着我们的车开走，我又不放心，又让他停车，我回去，说：‘花儿你回去吧，你要不回去奶奶也走不了，天黑了，奶奶摔个大跟头摔个大马趴，奶奶就起不来了，就不能来看你了，花儿听话，回咱家老墙根儿等着奶奶吧。’

“你猜怎么着，这小花儿就这么仁义，一听说我要摔个大马趴起不来了，它就跑了。我这才坐着儿子的车回来，到养老院以后我就跟儿子说了：‘你这么无情无义的东西，以后你也别来看我了，你能把这个救过你儿子命的狗说扔就扔，我这妈你也说扔就能扔。’

“儿子吓得说：‘妈，妈，我不会的，我怎么能扔了您呢？’

“‘不，我不理你，你无情无义的，也别来看我了。’”

说着说着天黑了，老人们都爱看《新闻联播》，趁慧姐看《新闻联播》的时候，我悄悄地退出了房门，去看另一位长者，跟长者约好了要听听她的故事。

很快就过年了，天上飘着雪花，我又一次来到了养老院。这次刚好是傍晚，我在后门停了车，看到雪花飘飘的雪地里站立着两只小狗，这是小花儿和它的花仔，一定是在等着慧姐来送饭，奇怪的是，都快 6 点了，怎么慧姐还没出来呢？

我就给社工科小李打电话，小李说：“哎呀，就在前两天慧姐摔伤了，把腿摔折了，在医院待了三天，这狗就天天早 8 点、晚 6 点在这门口等，等不着主人，它也不敢叫，就在这儿等，谁给它吃的，它也不吃。

“后来慧姐缓过点儿了，就坚决要求出院，回来坐着轮椅叫护工推着来看它，你可没见那个小花狗扑上来就闻慧姐的脸，浑身上下闻了个遍，最后看到白纱布裹着那腿，哎哟，那小花狗掉眼泪了。”

我真的听不下去了，我挂断了电话。我就对小花儿说：“小花儿，你等等，我去看看，一会儿我一定把你奶奶推出来啊！”

小花儿点点头，然后又拽了拽我的衣摆。我说：“放心，我不会不出来的，等着，我一定把你奶奶带出来。”

正说着，护工打着伞推着慧姐出来了。

慧姐手里端着一盒食堂给她做的病号饭，对小花儿说：“等急了吧，天太冷，快吃吧。”

我接过慧姐的小饭盒放在地上，小花儿不吃，又让着花仔吃，花仔吃完了，这时慧姐又拿出一根香肠说：“花儿啊，来吃吧，你也等半天了。”

我说：“慧姐您怎么把腿摔伤了呢？”

她说：“去排练的时候，想快走两步，一不留神，结果就摔了一下，老了呗。就苦了我的花儿了。那3天我是真的没顾上，后来我出院就跟它说：‘花儿，奶奶不管什么样，只要有口气，我就得给你送吃的，你放心吧，饿不着你。’

“这不我又天天给它送吃的了。我跟护工还做了个实验呢，我跟护工说：‘这小红兜兜一到冬天我就挎上，它认得，要是我出不去，你就拿着这个小兜兜包个鸡蛋，出去找小花儿。’我交代小花儿了，只要见着谁拿着小红兜兜就吃谁的东西，就知道我可能有事。

“开始护工不信，我说：‘你拿着小红兜去吧，把我食堂那份饭打出来你吃完了，跟食堂要个鸡蛋给它送去就行了。’护工半信半疑，回到养老院，就找食堂，食堂大师傅说：‘给它俩吧，这两天都没拿了。’

“护工把两个鸡蛋用小红兜兜包好，走到后门院外，果然小花儿带着它的花仔仔在那儿等着，见着小红兜兜它就‘噌’地一下起来，围着这个小护工转，护工说：‘小花儿，你奶奶可说了，你不许咬我，你奶奶病了，让我给你送鸡蛋，你认不认得这是你的小红兜兜？’

“小花儿好像认出了小红兜兜，高兴地围着护工打转转，又亲了亲她的脚，然后使劲仰着头往这铁门里面伸着看。

“护工说：‘你别看了，你奶奶住院了，后天就出来了，就是放心不下你，你快吃吧，明天还是我拿红兜兜给你送饭啊！’

“你说我这狗通不通人性？”

我说：“真通人性，真好。”

慧姐说：“是啊，我惦记着它，我就赶紧回来了，回来以后医生说让吃什么药我都吃，为了小花儿，我得使劲挺着、扛着，得早日康复，好给我小花儿送饭啊，好在，现在我不出来，这小丫头出来它也认。”

这时小花狗也吃完了香肠，带着它的小花仔还围着慧姐转。我说：“咱们回去吧，天太冷。”

慧姐说：“是啊。花儿啊，下雪了天冷，我回屋有暖气，你回去可冷啊？”说着就把自己坐轮椅腿上搭的小毛毯递给了小花儿，小花儿叼过来想都没想，就直接披在了它的小花仔身上。

慧姐说：“你看，你看它多疼它孩子，多疼它儿子，这不就是当妈的吗？别管是小狗小猫还是人，都是疼孩子的。”

我说：“是啊，这儿太冷，咱们快回屋吧。”

慧姐说：“花儿啊，你快回去吧，别在这儿看着我，一会儿你的儿子该冻坏了啊！”

小花儿听懂了奶奶的话，赶紧护着它的小花仔往前走去。

雪越下越大，我让护工赶紧把慧姐推回房间。我站在雪地中任凭雪花在眼前飞舞，有的雪花淘气地落在了我的脸颊上，我的脸颊冰凉，可我的心很暖。

看着漫天大雪中那两只狗狗靠得是那样近，走得是那样快，它们一点一点渐行渐远，慢慢地消失在皑皑雪幕中，我鼻子酸酸的，眼睛涩涩的，有泪，但没有落下来。

但怎么也想不到，我这滴泪竟然落在了慧姐的遗嘱上：

> 死后将 12 万现金，全部留给小花狗。
>
> …………

THE LAST LETTER

勿忘我

铭记一生的陌生之恩

主人公小传

名　字：于荣光

性　别：男

年　龄：89 岁

职　业：离休干部、老年痴呆患者

居住地：北京某养老机构

一缕冬日的阳光，透过病房的玻璃窗照射在病房，老军人端端正正坐在床沿，等待着女儿和老伴儿接他出院回家。突然，不知他想起了什么，快步走出病房，奔向护士站："护士长，护士长，我床头那封信哪去了？"

护士长和老军人很熟，笑着说："怎么，是您给我们留的红包吗？"

老军人一本正经地说："那是歪风邪气，我不干！"

"那是您写的情书？写给老伴儿的？"

"别胡说！"

护士长看到军人一脸严肃，也不敢再开玩笑，就说："那写的什么呀？"

老军人说："是遗嘱。"

"啊，就做这么个手术，您还写遗嘱呢。"

"那当然了，我不能带着一肚子的憋屈到马克思那儿报到吧，我得轻轻松松地到马克思那儿报到。"

"那您想想，是手术室来的床把您接走的，您的病床还留在病房，病房就您一个人，除了您老伴儿和女儿，没别人，您问问他们好不好？"

老军人想了想也对，就转身回到了自己的病房，只见女儿和老伴儿已经进来了，她们笑盈盈的，每个人捧着一大束紫颜色的小花，碎碎的，米粒一样的小白点如满天星般撒在上面，原来是一大束勿忘我。

老军人对花还是很在行的，离休以后看了很多关于植物、花卉的养殖方法，了解了一些花卉知识。

他问道："你们这是干吗？"

老伴儿和女儿笑眯眯地一起走上前，女儿搂着老爸的肩膀说："老爸，我错了，我以后再也不叫您影迷、粉丝了。"老伴儿也说："至于吗，还真往心里记呀！说你是石光荣，也没什么坏话呀，石光荣也不是贬义词呀，他也是革命者的一个符号嘛！干吗那么计较呢！憋在心里这么多年。"

老军人脸上的愁容有些散开了，他说："怎么着，你们把我的遗嘱都看了？"

女儿说："爸，您可快别提遗嘱了，您刚多大年纪，就写遗嘱呀？"

老军人说："对，我就是要写出来，我这人参加革命这么些年，没有犯过一点点错误，可是临老了，却被你们戴上顶帽子,什么影迷,什么粉丝,我不喜欢。我光着头参加的革命,用现在的话说,赤裸裸地来,赤裸裸地走,我还要光着头,不戴任何帽子去见马克思。”

老伴儿说:“行啊,行啊,别计较了。”

女儿说:“爸,我给您念念您这个遗嘱,您自己听听,您觉得有劲吗?”

老军人说:“怎么没有劲,有劲,就是有劲。”

女儿说:“好啊,好,今天呀,我彻底向您赔礼道歉,然后呢,我把薛老师也请来了,您跟薛老师也熟,咱一块念念您这份遗嘱。”

这时,我悄悄推开门说:“您好。”老军人平时跟大家不太说笑,所以我也有些拘谨。

他说:“您好您好,我知道您,是我们院的义工!”

我说:“是啊。”

他说:“那好吧,你愿意念就念吧,反正我敢写出来,就敢昭示天下,念吧。”

女儿清了清嗓子就念了起来——

我的老伴儿,我的女儿,今天我要在手术前留下自己的遗嘱,也是我最大的心结。

在20世纪80年代初,一部电影《小花》勾起了我对战争年代的回忆,也让我想起了一段特别难忘的往事。那是在抗日战争中,我们部队在湘西作战,每天在那山水间打游击,战争虽然没有淮海战役那么庞大,但时不时就有鬼子的偷袭。我和战友们一起,就在这山丛间,就在这吊角楼前,一次次地打乱鬼子的计划,消灭一个一个的鬼子和汉奸。

有一次，我们在执行任务的过程中遇到了鬼子的袭击。我刚刚当兵很年轻，真的是勇敢地冲在前面，可是，就在我冲到前面的时候，鬼子开始向我们偷袭。我前面还有一个小战士，他比我还小两岁，没有任何经验，他不知道要猫着腰钻山林，而是直挺挺地往前走。我不知道当时是怎么想的，就觉得他还小，他应该活着，我就一下子扑到他身上，把他摁倒了，而鬼子的子弹打中了我。当时打的好像是离心脏很近，我就晕死过去了。

后来不知过了多久，我好像被湘妹子抬着，被送到了野战医院，在路上就听他们说，哎呀，这个战士好像没气了。好像有指挥的人说："赶快伸出手摸一摸，我们抓点紧，如果呼吸微弱的，就抬到前面去！"

于是，有人在我的鼻子下摸了摸，看我还有没有气息。当时已经是初冬了，虽然是在南国，但那时候霜气很重，也是有些冷的。这些抬担架的湘妹子，一路颠簸，在山里穿行，又怕我们掉下来，并且两个人有上山的时候，也有下山的时候，所以必须保持平衡。她们真的就像电影《小花》里演的那样，在某些地方，前面的人必须跪着前行，后面的人才能保持平衡。有些山路就是这样走过来的。

快到医院的时候，我当时在半昏迷中又听有人讲："再摸一摸，有气息弱的，赶快到前面去，爬过这座山就到了。"这时就听见一个女孩子脆生生的声音响起来，就像《边城》里面描写的小翠姑娘那样百灵鸟似的脆声：

"报告，我这个还活着！他有气。"

就听有人说："你怎么知道？"

她说："我刚才感觉到的，不沉，人家不是说，死人是死沉死沉的，他不沉，很轻的！"

这时还有人笑出声："小丫头，死人就是死沉呀，你看看现在这些当兵的战士，年纪多小呀，他们很年轻，哪有什么沉身子的。"

然后好像我这个担架停下来了，一个女孩子趴到我的胸前，听了听我的心脏，好像感觉到有人摸了摸我的鼻子，我不敢确认，只是好像感觉到，因为确实我已经气息比较微弱了！这个女孩子趴在我的胸前，然后听了听，可能是她头上的汗，再加上霜重，结了冰，她的头发在我脸上轻轻一滑，不知怎么刚好触动了我的鼻子，我一下打了个喷嚏，就听她说："活了吧，活了吧，我说他就是活着的！走走，我们到前头去，让我们先走，让我们先走。"

不久到了医院，我就接受了手术。苏醒过来以后，我就问别的战友："咱们是被谁救的？""说是湘妹子，湘妹子有一个救护队，她们叫湘妹子担架队，专门抬伤员的，她们可厉害了，光着脚跑山路，一点事儿都没有。"

我们都很感动，都说，咱们快养好伤，赶紧去消灭鬼子，别让他们祸害当地的老百姓和这些湘妹子了。

就这样，等我们养好了伤，就又回到了部队，又参加了一些大的战斗，解放以后就随着部队进入了北京。

在部队工作这些年，虽然没有仗可打了，但是我经常下连队，经常到一些边远哨卡去看望战士们，也听过很多战士的英雄事迹。我从来没有把自己当作英雄，因为我心里知道，是人民救了我，我非常感激他们，我应该为他们多做一些事情。

自从那个《小花》电影上映以后，我看了好几遍，被那个情节所感动，我就想，救我们的那些女孩子，现在活得怎么样了，湘西的老百姓现在幸福不幸福，所以我比较牵挂。而且我也记得，在我们手术以后，听护士讲，我的胸前，还放了一朵小花，一朵金黄色的小花，特别地耀眼，我就想，救我的姑娘一定叫小花，不然她干吗把这朵小花放在我的胸口呀！一定是的，就像我们好多革命战士，和那些在敌区工作的同志，他们杀死一个敌人之后就留下一个标记，而她可能是救活一个战士也留下一个标记，她一定叫小花。

据说她们湘妹子担架队有好多叫花的，什么小花，什么翠花，什么明花，什么秋花，什么夏花，都叫小花，所以我对小花就产生了一种思念，产生了一种报恩的感情，我在咱家的阳台就种了很多小花，我也不知道叫什么名字。

后来我离休了，离休之后，我更是热衷于在阳台种一些花花草草，真的不是说为了什么，也不是为了美化环境，不是的，就是一种思念，一种牵挂，这份牵挂让我时时牢记，我是人民救过来的，是他们给了我一条命。当从新闻里看到湘西孩子失学的报道以后，我征得你妈妈同意，给他们寄去了 1 万块钱，想为湘西的老乡做点事，这些你妈妈都理解，也都支持。

可是你们为什么愣说我是刘晓庆的粉丝，说我因为喜欢刘晓庆，所以就留着1980年《大众电影》的海报，还老爱看电影《小花》，还种小花。女儿更逗，竟然说我是粉丝，说我是他们的粉丝，我这辈子，吃过粉条，也吃过粉丝，可是我自己怎么能当粉丝呢！你说我OUT（跟不上潮流），说我老土，我都认，可是我不能临老了，被扣上一顶追女明星的帽子吧！

读到这，女儿忍不住笑了。妈妈说："严肃点，这是爸爸的遗书！"

女儿立刻绷着脸，接着往下念——

还有那部《激情燃烧的岁月》，讲的是一个老革命的故事，可是从那以后，老伴儿你却天天管我叫石光荣，我是石光荣吗？我没有他那么伟大，我也没有他那么显赫的战功，我也没有像他那么武断，我对你，对女儿，都是和蔼可亲的，你们怎么可以这样叫我呢？我知道你们是充满了贬义，说我是石光荣，不通情达理，是吗？是那样吗？当你要到山区支教的时候，我是不是同意让你去了，当女儿选择要去当村官时，我是不是同意了，你们怎么能说我是影迷、粉丝、石光荣呢？这一点，我真的想不通。所以在我要进手术室之前，写下这份遗书，我希望在我死后，你们要给我正名，要把这个称号给我去掉，要恭恭敬敬地称我一声老军人、老伴儿、老爸，都可以。

这一辈子，我遇到你们母女，和你们成为一家人，是我一辈子的荣幸。老伴儿，咱们两个人恩恩爱爱，就要度过金婚了。女儿那么上进、阳光，到郊区去做村官，我真的支持你。

你们都是我至亲至爱的人，我爱你们，你们也爱我，请你们以后，在我死后，千万不要留下我所谓的外号，我不喜欢。我就希望一辈子，包括我死后，女儿说要给我和你妈妈搞一个合葬墓，也行，我也不是非要把骨灰撒了，女儿为了有个念想，如果要立个碑，就一定要写，我是一名老军人，你妈妈是一名老教师，这就足矣。

女儿念到这，有些哽咽，抱住爸爸的肩头说：“爸，我错了，我真的不知道，我这样的玩笑话，竟然那么伤你！”

老伴儿也说：“老头子，你可真行，你想想，刘晓庆演那部《小花》，那是 1980 年公演的，你憋了 30 多年呀，你真不怕憋出病来呀！”

老军人也有些动情地说：“那是我错怪你们了，那好，这遗书不算了，不算了！”

女儿说：“那不行，正是因为有了这份遗书，才让我知道爸爸的心里面是有话要说的，以前我陪您的时间太少了。因为我在郊区做村官，和很多爷爷奶奶在一起，有时候也听他们说话，才知道其实人上了年纪，就愿意说说话。

“爸，我以后一定会利用时间好好地多陪您，和您一起说说话。告诉您，我和妈妈决定明年开春的时候，和您一起去湘西，咱们去寻访小花，咱们去看望小花，好不好？”

老军人脸上笑得真像开了花：“好，好，那请薛老师和我们一起去吧！”

我说：“好，我一定去。”

看着他们一家人其乐融融的样子，我在想，人在行将出现意外的时候，神志清醒的情况下会写下所谓的遗嘱，而这份遗嘱并不是什么大事，其实就是他心底隐藏的话，有些话他不愿意带到棺材里，要说出来，可是我们往往没有给他们机会，没有听他们倾诉。为什么有的老年人，明明家里不缺柴米油盐，但天天到超市去买东西，为的是什么？为的是见见人气，为的是和售货员说两句话，拉两句家常。

有一位长者，听到有人给她送快递——那是她儿子从国外给她寄来的生日礼物，她竟然恍惚间，把这个快递员当成了自己的儿子，拥抱着快递员，半天不说话。

这个快递员也非常善良，他竟然也和老妈妈拥抱在一起，后来我找到这个故事的主人公，我问他为什么这样配合长者。

他说：“我也想妈妈，我也好多年没有回家看望妈妈了。”

利用写遗嘱的机会，很多人会把自己心底的秘密说出来，如果家人没有发现，等到他去世以后，那岂不给家人又留下了一份沉重的负担，就像一个沉甸甸的十字架，背在家人们身上。不要那样，我们一定要抽时间和自己的老爸老妈说说话，他们有什么心愿，有什么心结，我们帮助他们完成和打开，这样他们才能够轻松前行，即使是坐在开往天国的列车上，他们也是轻松快乐的。

时隔一年，我再次走进这家养老院，走进后花园，看到一个女孩推着一个坐轮椅的老人在花坛边徘徊，只见这个长者指着那棵盛开的月季花，一定要摘一朵，女孩说："这是公园的花，公园的花是给大家看的，是不许摘的。"

长者从兜里摸出了一个钢镚，递给她，让她放到地上，然后再摘一朵花！

女孩无奈地说："爸，我真服了您了，您怎么这样呢！"

没办法，女孩子从即将枯萎的花里，挑了一朵最不起眼的即将枯萎的小花，放在了爸爸的手上。

我走过去，问道："你是？"

那女孩说："薛老师，是我呀，这是我爸爸！"

我说："怎么只有一年的光景，你爸爸就这样了呢？"

她说："我细细地跟您说说吧。"

我们推着长者坐到了藤萝架下，长者目光呆滞，看着远方，手里捏着这朵小花，一片一片地数着花瓣，女孩跟我诉说了他们后面的故事——

那天在病房，您听到了我爸爸的遗书，也知道我爸爸有个心结，我和妈妈商量，等我爸爸身体好些以后，我们就去湘西。后来，我们真的去了，那里真是山清水秀的好地方。我们不是去旅游，而是找了相关部门，要寻找当年的湘妹子担架队。结果人家说："来这找她们的人多得很，这个队早就解散了，这些湘妹子早就成了阿婆了，上哪里去给你们找呀！"

然后我爸爸说："那我就问一下，她们中有没有叫小花的？"

"哎呀，我们这的姑娘，都叫花，尤其叫小花的最多了。"

我爸爸又问："那她们有没有一个姑娘，她把小花放到了我的胸口前。"

接待我们的老奶奶哈哈大笑着说："首长呀，您知道，这是她们当时定的一个暗语，说什么呢，就是说还有气的，活着的人，胸前放一朵花，或者是一根草也行。我们这个地方一年四季鲜花不断，那野花到处都是，她们随手摘一朵什么野菊花啦，野苜蓿啦，放在你们胸前，因为有的时候来不及和医生交代，这个人什么伤，这个人怎么样，她们还得再去接伤员，所以胸前放朵花，就证明您活着，得赶快抢救。没放花的，就是已牺牲的战士。"

爸爸妈妈和我都恍然大悟，我说："哎呀，那时候的阿姨们真聪明呀！"

奶奶说："那是就地取材，我们这些湘妹子又不识字，也不可能写纸条，也没有那么多时间和医生交代，就只能用这种土办法呀，抬着担架的路上，随手摘朵花，放在胸前，就证明这个人还活着，我们不能把解放军战士丢在野外，就是牺牲的战士，我们也会抬回来的，真的。"

我们明白了,原来这是一种真正的花语,意味着你还活着。

爸爸默默地站在那里，仰望着对面的山峦，轻轻地说了一句："谢谢人民救了我们，谢谢，谢谢，谢谢小花，以后我一定要好好地养好小花，让小花绽放出生命的光彩。"

那个老奶奶也笑呵呵地说："同志呀，就像你们这些老革命，老首长，为了我们的解放献出了生命，献出了鲜血，我们救护你们不是应该的吗！不要说谢，您要记着，我们边区的老百姓，永远是子弟兵的大后方，什么时候需要，我们抬起担架照样上！"

我说："现在好像不用了，现在都有直升机了。"大家哈哈大笑。

接着这个老奶奶又给我们讲了很多战争年代，那些小花们，那些湘妹子担架队救伤员，舍生忘死的故事。

我问道：“您说那部《小花》电影是真的吗？”

她说：“就是真的呀！那上山的路，抬担架，你自已想一下，两个人一般高，那不把伤员出溜下去呀，前面的就得跪着走呀，不跪着走，你蹲着走更累，还不如跪着呢！”

我说：“那她们的膝盖不都磨坏了？”

老奶奶说：“我们有的时候来不及就那样了，有的时候，我们就会抓一把草，野花、野草，抓一把缠在膝盖上，多少起一点阻隔的作用。我们这些老同志们，她们后来基本上都当了奶奶，当了外婆，但是她们至今都有伤，都是当年她们抬担架，把膝关节给累坏了，走山路都很累人的呀。特别是这些女娃娃们，她们那时那么小，跟你们说，有些女娃娃，有时候正在生理期，那真是走在山路上，跪着抬伤员，一步一步滴着血走呀！”

妈妈的眼圈红了，我也是热泪盈眶，我说：“爸，我不要什么房子、车子，咱们家都有，咱们以后三个人，节约的钱都捐给这吧！”

爸爸和妈妈就冲我笑笑说：“你呀，马后炮了，我和你妈妈带了 15 万块钱，留在这里，给那些个有病的妇女，帮她们看看，解决不了什么大问题，但这是我们的一点心意。”

老奶奶也很激动，收下了我们的捐款。我和爸爸妈妈一起又到那里的山山水水看了看，爸爸非常兴奋，一路上滔滔不绝地讲着他的战斗故事，我和妈妈一直陪伴在他的左右。

我们大概有 10 多天的样子才回到北京，回到北京以后，爸爸就更加狂热地爱上了种花种草，把阳台全部种满了，种了勿忘我、马齿苋，还有紫茉莉，等等。有花盆，有罐头盒，包括装豆腐的包装盒，他都利用上，都把它种上花，还送给了周围的一些邻居们!

可是没过多久，爸爸突然就不爱说话了，就是一个劲地种花，后来他手就有点颤抖了，也不能种了，他就每天出去。他自己不能种花了，他就到外面去偷花，真的。

别人都说爸爸偷花，我不信，有一次我看到爸爸走到花坛边,从兜里掏出一个钢镚,放在花坛旁边,然后摘了一朵花，揣在兜里回来，径直走到我妈妈面前，放到我妈妈的身边说：“活着活着！”

我妈妈知道，我爸爸患了阿尔茨海默症，妈妈也很痛苦，千方百计哄着爸爸开心，可是爸爸再也没有像以前那样谈笑风生了。妈妈说，就是因为爸爸心里郁闷了那么多年，一直憋着一直憋着，才酿出了大祸呀！我和妈妈很后悔，不知道一句玩笑，竟惹怒了爸爸，让爸爸憋屈了这么些年。

后来有一次妈妈生病，躺在床上，有些头疼——我听护工说——爸爸就赶快到楼下，摘了一朵花，然后拿到床边，放到妈妈的胸口上，对护工说：“活着！活着！”

说到这，女儿的眼泪扑簌簌地落下来，她喃喃自语：“谁知道我们不理解爸爸，不理解他的心胸和心结，让爸爸最后变成了这样，我真的很难过很难过！”

我说：“你爸爸现在只是初期，应该可以干预，你要多陪陪他，多给他讲一些过去的事情。近期的事他都忘记了，但是你记住，他永远不会忘记你对他的爱，也不会忘记他对你妈妈的爱，更不会忘记湘西那片土地，那些湘妹子担架队对他的爱。你多给他讲这样的故事，他就会很快乐，知道吗！阿尔茨海默病人也会有快乐的。”

女儿说：“我知道，我查书了，我一定这样做。最近我请了一段时间的假，我想陪陪我爸妈，因为我妈妈也病了！”

我说：“好孩子，记着爸妈陪伴你的日子已经不多了，你反过来陪伴他们的日子才能快活，一定要多陪他们。”

女儿说：“是的，可是我爸爸这样，以前种花，现在他又开始偷花。”

我说：“没关系，大家都可以理解，这是一个非常有爱心的养老院，这里的老人谁也不会说什么。”

“是呀，大家都没有指责他，护工也不说，大家都知道他为什么这样。”

我说：“爱是可以传承的，他年轻受重伤的时候，是湘妹子给了他无穷的爱，用一朵花给了他生命的力量，告诉他还活着。如今，他就要用这种方式来告诉别人，你妈妈还活着，让大家好好活着，活着本来没有什么目的，活着就是简单地活着，但是我们所做的这些个活着的事情，就是爱的传承。”

这个故事我说给护工听，她们都很感动。她们都说：“一定要向那些湘妹子学习，好好照顾这些对革命有功，对祖国有功的老军人们。你看这个护工，叫翠翠，她把自己的小名改成了《边城》里面的小翠。小翠每天给你爸爸做手指操，给你爸爸做按摩操，帮助他一起去念书，帮助他一起去找花。你看，是不是呀！”

女儿非常郑重地对我说：“薛老师，我知道，爱是可以传承的，我愿把爸妈对湘西人民的爱、我对爸妈的爱，通过我的工作，我做村官的工作延续下去，让我们这个世界像一座大花园，永远有采不完的鲜花，鲜花就代表着生命，就代表活着，所以今天我又给爸爸妈妈换了一束花，就是那束勿忘我。”

勿忘我，多好听的名字呀！

爱，是可以传承的。

THE LAST LETTER

爱与救赎

美人迟暮

主人公小传

名　字：余美丽

性　别：女

年　龄：68 岁

职　业：退休研究员

居住地：南方某小镇

一

我和助理小司席地坐在阳光房的地板上，看着她们身着白色纱裙在排练《莲花》舞蹈，那真是“荷叶罗裙一色裁，芙蓉向脸两边开”。她们天然去雕饰，紧致的身材，白皙的面庞，还有那点点的红唇，令人养眼眩目。

听着钢琴弹奏的《莲花》乐曲，我们不禁陶醉其中。

排练中途休息时，只听另一个姐姐说：“哎，你准备得怎么样了？虞美人，你的遗嘱准备写什么呀！”

这几天，院里正在进行关爱生命教育，也给大家讲了有关写遗嘱的注意事项，因此写不写遗嘱或怎么写，成了大家议论最多的话题。

那个叫虞美人的，长着非常清秀的脸庞，忽闪着一双大眼睛，因为她拉长了睫毛，所以显得眼睛忽闪忽闪的，确实是一个美人。

虞美人说："我，我写了好几遍，写一遍不行，写两遍不行，最后我写成了，写完以后，告诉你们，倍儿爽。"

旁边一个姐姐说："得了吧，你还倍儿爽呢。老想学那北方人，你又不是北方汉子，非想做北方汉子，什么倍儿爽，你跟我们说说。"

"不说，我待会儿再说，我现在思考着下一个舞步呢！"

另一个姐姐说："我没写，我写什么呀！我没儿没女，没房没地，我分谁遗产呀，我有什么遗产可写的呀！"

不料她这一句话，惹恼了旁边的几个舞者，她们说："你说什么呢，你不怕虞美人生气呀，什么没儿没女，你比她还强呢，你还有老公呢！"

那个姐姐可能自知口误，忙说："错，错，我不说，没儿没女也可以写，没有物质遗产，还有精神遗产呢，对不对，像虞美人姐姐，那漂亮的舞姿就可以留下来，这就是精神遗产呀！"

旁边一个姐姐说："好啦，你怎么这样嘴欠呢，掌嘴。"

这时，倒是虞美人说话了："没什么，没有老公，没有儿子，没有女儿，没有房子，没有土地，可是我有自己呀，我自己内心强大，我就什么都有，你们要这么说，我就非得跟你们说说我写遗嘱的前前后后，让你们吃惊！"

大伙儿起哄。

我们静静地坐在一旁，听着这群舞者——也可以叫小天鹅或者白莲花——一点不亚于小鸟的叽叽喳喳，看着她们在嬉戏打闹，倾听她们讲自己的美好故事。

只听虞美人说道："我开始听到写遗嘱的时候，我还没有意识，我觉得就像你说的，我父母都走了，我也没有什么遗产，也没有儿女，写什么遗嘱呀！

"可是又一想不对，写遗嘱是对自己一生的一个回顾和总结，心底有些需要感谢的人，以及自己眼看就要老死或病死，还有来不及办的事，可以委托后面的人帮助我们去完成。一个人来到世上走一遭，必定会有很多的甜酸苦辣，也有数不尽的悲欢离合，这些情感不能都一股脑儿带到棺材里去呀，真正能把它写出来的能有几个人呢！所以我就要做吃螃蟹的人，一定要把它写出来。

"第一个，我就感谢我的父母，感谢我那些亲戚，就是我妹妹、我姐姐的孩子们，他们对我还是有很多很多帮助的，我准备把我单位分的这套房子，就是后来房改时我买下来的那套房子卖掉，然后把钱分给这些年轻人，我喜欢他们，他们陪伴我度过了很多美好的时光，所以我要分给他们。

"我还要留一小部分，留给自己，到真的走到了生命的终点，不能自理的时候，我是要请护工的。最后如果还有结余，我就要把它捐献出来，献给我们这个养老院，因为养老院也给我们很大的空间和很多的快乐，你们说对不对。"

大家鼓掌说："好，说得好。这就完了呗，那你赶快去公证处公证啊。"

虞美人说："不对，后来我又想了，老师也说了，人在写遗嘱时会想起很多未完的事，以及心底的欠缺歉意，要尽可能地完善。我就想起了上学的时候，有一个亏欠的人，所以我要把这个事写出来，写出来之后，我又想了……"

"想什么呀？什么事呀？你写了什么事？"大家七嘴八舌打断了虞美人的诉说。

虞美人说："那好，我就从头来说，我们都是从特殊时期走过来的，那个年代，可以说是疯狂的年代，稍不留神就会成为反革命的。我在上学的时候，那时我在外国语学校读书，有一天老师带我们写作业，在黑板上写下了一些单词，让我们来组词，那时候的孩子们，组词最多的也就是这些标语式的口号，什么毛主席万岁呀，什么祖国万岁呀，都是一些革命口号。我旁边一个同学，高高大大，帅气得很。"

一个叫赛珍珠的说道："哎哟，是不是你的白马王子，初恋情人呀？"

虞美人没有否认，她说："是呀，我们是一个大院长大的孩子，我们一起考上了外国语学校，那时候上外国语学校需要考试的，从我们里弄小学一直考进了外国语学校，而且在一个班，我们那时候的志向是长大了当一个外交官。他造了一个句子，Long live Chairman Mao，就是毛主席万岁。可是那个"毛"字的第一个字母，应该是大写，他却写成了小写，就是小写的"m"。英语老师是一个非常慈祥的先生，戴着一副高度的近视眼镜，个子不高，据说是四川人，四川师大毕业的，在我们这教书教得特别好，大家都很喜欢他，因为他会弹吉他，会唱很多外文歌曲，比如《莫斯科郊外的晚上》《红莓花儿开》，还会唱朝鲜歌曲，就是《卖花姑娘》的插曲，他都会用原文唱，我们大家都很喜欢他。

“这个老师呢，就在他这个小写的字母下，也就是‘mao’的下边，打了一个叉。可是我这个同桌，他竟然大吼起来：‘好啊，你在毛主席上面打叉，你就是现行反革命，打倒现行反革命沈老师，打倒现行反革命！’哎呀，班里一下就轰动了起来，那些男生就纷纷走上前，抓住了沈老师的衣领，把他扭送到了‘革委会’。

“我真的看不下去，我就拽住了这个同桌，我说：‘你至于吗？这个‘Mao’，它在英文当中并不是特指毛主席的毛，它可以是羽毛，也可以是毛发，甚至可以是鸭毛、鸡毛，怎么就是给毛主席打叉了呢！’

“谁知这个平时白白净净的小白脸，竟然翻脸不认人了，他大声地说：‘好啊，你个娇小姐，原来你也是小反革命呀，毛主席的毛，怎么能说是鸡毛的毛，羽毛的毛呢！’

“把我气得，我真想揍一顿这个小白脸，可是我当时气得说不出话来，只说：‘你你你，小瘪三。’

“而他竟然说：‘好啊，你还骂革命战士，你还骂红卫兵战士，要不是看在我们从小一起长大的份上，我就去揭发你。’

“我也急了，我说：‘你去呀，你去揭发呀，你去揭发吧，你揭发以后，我就把你平时偷鸡摸狗的那些事都说出来！’

“‘我怎么偷鸡摸狗了？’

“‘你给我写情诗！’

“这一句话震撼住了小白脸，小白脸说：‘那还不是人家喜欢你！’

“呸，我恨恨地吐了他一口唾沫到地上说：‘你个小混混，我才不稀罕理你呢！有本事，你上大院告我去，我爸是这的‘革委会’主任，你去告吧！’

“小白脸自知理亏，这事就不了了之了。后来‘文化大革命’大面积爆发以后，我跟着家人去了五七干校，而他去了哪里，我们也不知道，就失去了联系。

“后来我就和我的父母，可以说是南征北战，因为我爸爸和我妈妈后来都转到了地质部门，我们也没有固定的住所，就天南地北地去转了。

“转了一圈，等我爸爸老了以后，我们才回到家乡，才和你们相识。

“来了以后，我就一直在想，我现在住进了养老院，但是我一辈子也要做个总结呀。我想了想，我这一辈子呀，学习好！

“那天你们都看见了，我都烧了，为什么呀，人不能背着那么重的名誉，那么多的论文、获奖证书，没用，都扔了它吧，现在就是一个小老太太了。”

“什么小老太太，是小美人。”大家又笑了。

虞美人接着说：“我就想，我对这个老师是有愧疚的，我的这个同学，我的同桌，也应该打听打听他。后来我就千方百计打听，原来我的老师退休了，也回到了家乡，在四川攀枝花，我竟然还找到了我当时所在的学校，所以你们记得去年我出去旅游——赛珍珠，你记得吗？”

赛珍珠答道：“记得，记得，当时我说跟你去。你说不要，要一个人走，叫什么，‘一个人的朝圣’，还借给我这本书看，我想肯定是你远方的情人在召唤你，所以就没死皮赖脸地跟着你！”

二

虞美人接着讲道——

我只身一人来到了四川，在攀枝花的一所学校，找到了老干部处的工作人员，他们带我找到了沈老师的家。

那是一座非常典型的四川民居，走进去，凉亭下，一张竹躺椅，旁边放着一个小茶几，上面沏着一壶茶，一位长者，也就是我的沈老师，躺在躺椅上，在那里慢慢地品茶。我走过去，轻声叫了一句："老师，您好，我是66届的，您教过我的。"

老师猛地坐了起来，然后端详了半天，竟然叫出了我的名字，他说："好伢子，我记得你，当时我被扭送到'革委会'以后，你还冲过去，替我辩解说，那不是专门针对主席的，那是针对这个单词的，把大写写成了小写，就是不对的。我记得你，好伢子。"

我热泪盈眶，说："老师，您怎么记忆力这么好。"

老师说："不是的，是前些年，你那个同桌他来看我了，他现在在部队，也快要退休了，他就在四川当兵。"

我说："他也当兵了？就他那个小白脸。"

"是呀！人家说了，就是因为你总嘲笑人家是个小白脸，人家决心到部队把自己锻炼成黑脸将军，所以他在部队干得非常好，而且就要退休了，退休前他找到了我，向我承认错误，还说什么要救赎灵魂！我说早过去了，当年是有这样的事，但毕竟是特殊时期嘛！后来，'革委会'主任，也是一个文化人，他也知道，这里面没有那么多的政治问题，也就把我批评教育了一下，学院也放假了，我就回老家休息了，没有什么大事，我也没受到多大伤害。”

老师轻描淡写地说着，但我知道，在那个年代，如果被戴上一顶“反革命”的帽子，而且是“现行反革命”的帽子，那将是多么沉重的十字架，戴着这顶帽子回到家乡，那会受到怎样的待遇呀！

我不安地剥开一个橘子递给老师，老师的牙已经很稀疏了，他慢慢地用厚厚的嘴唇品着这个橘子，一点一点很艰难地把它吞咽下去。

我说：“老师，您真的不记恨我吗？”

老师说：“我记恨什么呀！那么多的国家元帅都受到了迫害，我一个普通教师，就受到那么一点点的，而且不是上面的人压下来的，是我的学生对我的误解，我有什么可记恨的呢！不要再想了，后来学校复课以后，又把我请回去了，我一直在那干到退休，没有受什么影响，真的，不要想那些。告诉你吧，我的老伴儿也退休了，我的儿子、女儿都在国外读书，我和老伴儿就是不愿意离开这片故土，所以一直在这儿居住，家里有个学生，他和他妈妈借住在我这儿，顺便帮我做一些家务，我们过得很好，不用担心，千万不要往心里去呀！”

看完了老师，我又顺道去部队看了我那个同桌，他真的变得我认不出来了，黑漆漆的脸膛儿，壮汉一样。他也即将退休回到他爸爸的故乡去，那我们又要天各一方了，我们相约等来年，一起再招呼几个同学来看我们老师。

谁知，就在上个月，我接到了老师老伴的来信，我的老师儿痴呆了，他现在不记得每天吃了什么，不记得每天报纸上的文字，虽然也在看报，但是不记得报纸上的内容。

他只记得以前的事情,还反复念叨,那个好伢,那个后生,他们都好,他们都好。

虞美人说到这,竟然动情得红了眼圈,大家也都陷入了沉思。那个年代,给每个人都烙上了噩梦般深深的印记。当时我们正值青春年少,一腔热血被扭曲了,人生也被改写了,我们那时候是那样纯洁,每天虔诚地挥舞着红宝书,进行着革命,但是我们亲手毁掉了多少梦想,亲手毁掉了多少古迹。

当年我们搬城砖,说是备战备荒为人民,现在想起来,西直门那一带的城墙砖,都被我们挖走运到学校垒了防空洞,想想真是感到很痛心。

这时不知哪个漂亮姐姐起身,又弹奏起了那首《莲花》:“莲花儿开,莲叶儿摆,开在心头,开在脑海,随风自在,露珠摇摆,若隐若现,似是故人来……”

大家沉浸在对往事的回忆当中,久久不能自拔。

突然,清脆的鼓掌声把大家从沉静中惊醒,只听虞美人说:“我们都是从那个年代中走过来的人,我们很幸运,我们自己还活着,有不少人都为此付出了生命的代价,这是历史。

“历史过去了,我们就要向前看,通过这次关爱生命教育,我有这样的一个体会,过去我总以为写遗嘱,那都是伟人们的事情,因为他们有很多需要交代的事,而我们普通人不必要。特别是过去住的是公家的房子,单位分的,吃的是配给的粮食,人一走如灯灭,房子该谁住谁住,粮票不发了，油票不发了，自然你这个人就消失了。现在不同了，很多人家都有了自己的房、自己的车，所以还要立遗嘱分房子。

“通过这次写遗嘱，我就想，写遗嘱不是光交代身后事，关键是对活着时没做完的事情，要予以了结，心里头的心结要解开，心里头的爱要说出来，包括心里头的恨，当然都不是什么国恨家仇，比如说和谁有了一些小小的摩擦，有了一些小小的不愉快，要尽快把它化解。对了，赛珍珠，前天那个护工给你打扫房间的时候，你嫌她地拖得不干净，你说人家什么来着？”

“我没说什么，我就说，你想不想干，不想干我炒了你。”

“这是你该说的话吗？人家才不到 20 岁的小姑娘，从黄山到这来，给我们服务，你怎么能这样说呢？如果是你的小孩，你会这样说吗？”

“后来我知道我错了，没再说了。”

“不行，尽管她是小护工，但她有尊严，人活的就是一个尊严，你要向人家道歉，如果你不好意思，你写个纸条，我替你给她。”

“对，对，我说什么来着，虞美人就比荷花好，你看，她告诉我可以写个纸条，我现在就写。我就写上，小玲子，我对不起你，那天我态度不好，请你原谅。我再给她放上几块糖，送给她，她最爱吃上海的大白兔奶糖了。”

虞美人说：“这就对了，我们每一天都要和很多人接触，在接触当中，有些小的摩擦要及时化解，心里有爱要大声说出来，心里有怨要把它化解，心里有恨要把它吃掉。

“人活着不能背那么多的包袱，你想想心脏就这么大，如果里面加了那么多的负担，它能够轻松吗？大家想想，是轻轻松松地活着好呢，还是背着沉重的十字架活着好呢？”

这些老小孩就像幼儿园的孩子一样，扯着嗓子说：“轻松好，轻松好！”

虞美人一点都没笑，她接着说：“我们是快乐地活着好呢，还是总在自责阴影下活着好呢？这两种活法一样吗？”

这些老小孩又扯着嗓子喊：“不一样，不一样！”

小司忍不住地笑出了声。

虞美人没笑，一脸严肃地说：“那好，我宣布一件事情。”

赛珍珠说：“什么事呀，是不是你要和那个小白脸结婚呀！”

虞美人说：“你怎么那么多的话呀，那算什么事呀，那就不是事！”

“哎哟，那怎么不是事呀，那这么说，你真的要和他结婚了！”

“那有什么不可以呢？”

“真的假的啊？”

“什么叫真的假的呀！他丧偶，我未嫁，怎么不可以呀。我们都老了，只要愿意搭个伴儿，他退休以后愿意过来，住到我们的养老院，顶多抱着他的铺盖卷，走进我的房间就完了，登个记就结婚了呗！”

荷花说：“你说得太轻巧了，人家可是个军官，而且人家有房子有地，有孩子呀！”

虞美人说：“有孩子怎么了，是他女儿给我打的电话，跟我说，央求着让我和她爸爸住在一起，互相有个照应，知道吗，咱的身价可不低呢！”

“他给多少彩礼呀？”

“去去去，什么时代了，没有彩礼。他住的是部队的房子，退休后就要让出来了，他可以住到干休所，但他想和我住到这里来，他女儿，自己单位有房子。其实说实话，这些年，我一直单身，可能也是没有放下他，毕竟是青梅竹马呀！”

赛珍珠笑着说：“青梅竹马是什么？拉着一个竹竿跳房子、玩弹球、丢手绢！”

大家又是一阵哄笑。

虞美人说：“不许笑，告诉你们，婚姻是人生大事，但是到了我们这个年龄就不图名不图利，你不要找什么白马王子，也不要找什么颜如玉了，我们就是搭个伴儿，知道吗！用薛老师你们北方话说就是搭伙过日子，对不对？”

我说：“是，很多住在养老机构的老年人，都会在生活当中寻觅一个伴儿，这个伴儿没有任何私利，也没有任何欲望，只是搭个伴儿，说个话。而且很多子女都非常开明，都同意老爸老妈各自找到一个伴侣，就是搭个伴儿，起床的时候叫一声，洗澡的时候，在外面知会一声，以免出现什么意外，别人不知道。”

“对呀，现在就是个伴儿。”赛珍珠又说了，“那你办不办婚礼呢？”

“当然办了，毕竟人家还是一个初婚的大姑娘，当然办了！”

“你还办事呀？”

“办呀，办呀！”

“你穿婚纱吗？”

“当然穿了，必须的，要穿婚纱。”

“那你要不要伴娘？”

“要啊，要请呀！”

“我算一个行吗？”

“可以呀，咱们这些舞蹈队的都是我的伴娘啊。”

有个姐姐说：“不行，我不是全乎人，老伴儿没了。”

“那怕什么的。”

还有一个说：“我生的是女儿，女儿又生个女儿，也不是全乎人，那我也不行吧？”

“没那么多讲究，我们都进养老院了，哪还有那么多的清规戒律。大家开心，热热闹闹地陪我们去登记，登记回来，院长说了，给我们举行一个简单的仪式，还给我们准备了蛋糕呢！所以你们几个都得是我的伴娘。”

“好啊，好啊！”

虞美人又接着说：“我这份幸福，真是得益于这次关爱生命教育，特别是在写遗嘱的过程中，我才醒悟，我一直等的是什么，什么叫爱人？就是你在适当的时候等到了一个适合你的人，这就是爱人。”

荷花仙子带头鼓掌：“说得好，说得好，语文老师，你都没词了吧？”

赛珍珠也真是宝刀不老，脱口而出：“两情若是久长时，又岂在朝朝暮暮。尽管你们分别几十年，但旧情不断，如今是‘死灰复燃’，你们又走到了一起。”

大家又笑了：“什么‘死灰复燃’呀，你怎么净瞎说呢！”

三

一阵喧闹声中，虞美人又拍了拍手说："静一静，我还有一件最重要的事情要说。"

大家说："还有什么最重要的事？"

虞美人说："我要说一件最最严重的事情，我看到我那位当年风华正茂的英语老师，没有一年的时间，他就患上了阿尔茨海默症，只记得过去，而不记得眼前。

"而且听我师母讲，后来他生活质量渐渐地下降，而且连尊严也有点丢失了。他有的时候竟然可以衣衫不整地就出门，甚至不穿袜子，趿拉着鞋，蓬头垢面，真是'斯文扫地'。师母总是紧紧地跟在他身后，不停地为他打扫，才把他护理得干干净净。

"由此我想到一件事情，我们年纪不小了，尽管我们这个舞蹈队叫'花儿朵朵'，可是我们真的不是花朵了，我们已经快成花泥了。不要说我们年纪还轻，我们心态好，我们身材好，我们面容好，那都不能够抵御阿尔茨海默症。

"北京一位 50 多岁的教授，天天在课堂讲课，突然有一天，他痴呆了，在回家的路上竟然走失了三天三夜，要不是环卫工人救了他，家人就永远找不到他了。

"所以说阿尔茨海默症不分年龄，不分职业，不管你是不是天天做手指操，是不是天天跳芭蕾舞，它真的是无孔不入，防不胜防，怎么办？我们要振作起来，我们要团结起来，携起手共同对付阿尔茨海默症，争取我们每个人都不染这个可恶的病魔，把它甩掉。"

荷花姐姐说："怎么甩呀？"

“我看了很多这方面的书，也听了很多次院里组织的讲座。第一，我们要保持良好的心态，利用这次大张旗鼓来宣讲遗嘱的时机，我们好好清理清理自己的心灵深处，到底是不是还有爱需要说出来，还有怨需要化解，我们把它清零，就像那个日本女人说的，断舍离，把该断的断了，包括情感，包括钱财，钱财更是身外之物，该给谁给谁，该留下留下，不要被它所累！

“该断的断，该舍的舍，该离的离，离的是什么？离的是那些沉重的负担，我们轻装集结重新出发。干什么？快乐地生活，跳舞、唱歌、学外语，我们每天快快乐乐地生活。

“同时人家说有备无患，我们要做一些准备，也许有人会说我‘不是未雨绸缪，而是有什么诅咒的意思’。我不怕，不管是潘多拉盒子，还是阿里巴巴的门，我都要做这第一个吃螃蟹的人。

“所以我把我的房间，特别是卫生间，放了一个自己编制的小花篮，花篮上插满了美丽的花，当然有虞美人了，还有一些桃花。我把它插好，告诉自己，放着花篮的房间是洗手间，不要走错，不要痴呆以后，认不得房间的走向，而在卧室或者是书房随地解决那问题。”

赛珍珠插话道：“有那么厉害吗？至于吗？”

“至于，这是书上说的。我一直坚持在洗手间的洗漱台上放一小篮干花，就是时刻提醒自己，这个地方是我洗漱的地方，我要爱美，爱美要爱到老，不能真的得了老年痴呆，就没有美的能力了，也没有美的心思了。

“我的衣服，凡是套头的，我统统把它都处理掉，都换成那种前面系扣的，包括内衣，都换成前系扣的胸罩，为什么呢？第一，避免自己失能以后，别人帮你穿戴不方便；第二，自己也便于找，而且凡是我的衣服，我都在上面做了一个特殊的标志，都买一些小花的贴纸，或者是不干胶，或者是小亮片，把它缝上去，而且有花的都放在衣领，放胸前有点傻，放在衣领，或者是放在袖口上，这样我就知道，我自己应该怎样穿衣服。

“还有，把我自己写了这么多年的日记，好好归纳归纳，都用口述方式录下来，因为这些年的日记，不光是记载了我个人的成长、我个人的心路历程，同时也是我们祖国，也是我们时代发展中，我作为一份子所记下来的历史资料，非常珍贵。我要把它通过口述的方式记录下来，将来由薛老师，通过会译通公司，帮我把它整理成文字。

“还有最重要的，就是把自己平时服药的药盒，上面做个红十字标记，这样免得到时候乱抓药吃。

“我的意思，做这些准备，就是不给别人制造更多的麻烦，同时我自己设计，而且已经做成了几条裹裙，就是一块两米长的布，给它缝个带子，中间这样一系。如果我们真的痴呆了，会失能，会失智，平时我们很讲究的时尚人，到时候也许就尊严丧失，我们可能会出现最最糟糕的情况，就是不喜欢穿衣服，那时怎么办？我就告诉我身边照顾我的人，用那个裹裙一裹，我就是一个漂亮的吉卜赛女郎了。

“这个衣服，我都自己设计，如果在我还有自理能力的情况下，我就把它设计成扣子，把一块布料裹成一个裙状，钉上五颜六色的扣子，要特别大的扣眼，把它扣起来，如果真的失智也失能了，那就用裹裙，既可以做抹胸状的包裹，也可以缠在腰上。

“而且我已经选了几款背心里面加胸罩的内衣，这样就可以避免人家嫌麻烦，不给你穿内衣。可是我们这些时尚达人们，最关注的最美的地方，是不能让它失去光彩的，还是要把它装扮起来的。所以我选了一款，就是年轻人锻炼时穿的那种背心，里面带有胸托的。人家小阿姨嫌烦，像小玲子，你老呲叨人家，到时候人家伺候你嫌烦，穿什么胸罩，啪，就给你扔了，给你套一个背心，如果背心里面没有胸托，想想看，那滴里当啷多难看呀！”

赛珍珠说：“哎哟，我的妈呀，我现在赶紧给小玲子再写封道歉信吧，好让她将来对我好一点，给我留点尊严。”

大家又哄地一下笑起来！

听虞美人这样说，我的心突然一亮，为什么人家都说美人迟暮，原来美人想得很远、很周到，她想到如果以后自己失去了尊严活着，那真的很可怕。

我都曾经想过，开始攒安眠药片，到时候自己就把它吃掉。而且对小司说：“等我将来痴呆的时候，你就给我吃药。”小司说：“那是杀人呀，我可不敢！”

这样想来，与其请别人帮助，还不如像虞美人这样，把自己的后事安排好！

我怯生生地问：“虞美人姐姐，那您这些想法实施了吗？”

她说：“当然了，我都写在遗嘱里了！我的遗嘱，可以说，应该是全球独一份。”

我说：“为什么呀？”

虞美人说：“里面配照片了。”

“什么照片？”

“就是我设计的，保持自己尊严的那种裹裙的设计图照片，还有背心，还有我房间的指示牌，还有衣服上贴的这些图片。我还淘到两个木碗，彩色的木碗，而且那个勺子把特别长，失能的时候，我刚好也能握住。还有重要的一点，我还给自己设计了好几个围嘴！”

我说：“虞美人姐姐，您想得也太周到了吧！”

她说：“不不，我这些年一个人生活，我知道一个人活着，有些东西需要自理，而且我自理能力比你们都强。但这不是我向往的，我向往的，还是一家人和和睦睦、亲亲爱爱，那才是家的感觉，可是我没有，怎么办呢？我就这样挺过来了！

“今后，我要和我的同桌走在一起，我好好照顾他，他也照顾我，他是一个当过兵的人，肯定不会很好地照料别人，那么怎么办呢？我将来肯定要请小阿姨，我要把我这个遗嘱里面写的东西，在我清醒的时候就告诉她。甚至我还要复印几份，贴在我的房门上，等我痴呆的时候，就请护理我的人按照这个做，我不要求别的，我只要求让我有尊严地活着。让我每天能够有尊严地穿着漂漂亮亮的衣服，告诉你们，我现在把黑灰色衣服统统处理掉了，留下的都是色彩艳丽的衣服。”

大家竟然鼓起掌来：“好啊，好啊。”

赛珍珠说：“我早就看着那些黑西装烦了，都送给那个领班了。”

我也插话说：“咱们既然是‘花儿朵朵’舞蹈队的，大家就穿彩色的衣服，这样心情也好，心里也明快，同时别人也愿意帮你打理。我们就应该像花儿一样生活，让我们心中的幸福像花儿一样盛开。”

我听过很多老年人座谈，关于生死，关于遗嘱问题，可从来没有听过像虞美人这番关于遗嘱的高谈阔论，也可以说是肺腑之言。我被她惊住了。这时我觉得坐在这冰凉的地板上，自己的老腰都有点受不住了，可她们还在那里兴致勃勃地交谈。

有的说 :“我最喜欢包包，我要把我的包包上面系上一条带子，写上我的名字。我这人是搞文字工作的，我最愿意记住我的名字了，那样我就不会把别人的包拿走，像上次那个阿姨，开完会，偏要拿起别人的包，我开始以为她是小偷，原来她是阿尔茨海默症。”

“是呀，是呀！所以我们回去，要想尽办法，把能够引起自己回忆的美好的事物都记下来，每天我们在一起说一说，为我们以后在万一出现失智失能的情况下，还能维持一份自尊，还能维持一份美丽而努力，大家说好不好？”

这群老小孩欢天喜地聊着这么一个严肃的生死问题，甚至是一个非常灰暗的遗嘱问题，在她们这里，就像讨论春游带什么食品一样欢欣愉快。她们形成了决议，互相拉扯着站了起来，拍打拍打那白色的纱裙，嘻嘻哈哈地说 :“老师，再看我们排一遍《莲花》吧。”

“莲花儿开，莲叶儿摆，开在心头，开在脑海，随风自在，露珠摇摆，若隐若现，似是故人来……”

THE LAST LETTER

一生情

飞机上，生死关头定终身

主人公小传

名　字：李栓柱

性　别：男

年　龄：73岁

职　业：退休研究员

居住地：北京某养老机构

一

我不住地摸着腰里捆绑的标本，忐忑不安地走到了安检门前，机场安检非常严格，安检人员看出了我的恐慌，就把我叫到了一边，让我把上衣撩起来。当我撩开上衣，露出白布单包裹的紧系在腰间的一排排口袋时，他们很紧张，让我拿下来。我小心翼翼地一点一点把这个用包裹皮儿包了几层，又系了好几个扣的带子，慢慢地解开，他们看我如此紧张，更是紧张，有的甚至向后退了一步。

我说："没事儿，这是标本，我有介绍信的。"我把这个缠了好几个标本盒的包裹皮儿平铺在桌面上，他们看到了里面有几个小盒子，小盒子里面是一株株像小草一样的嫩苗。

我的导师准备到南方参加一个国际年会，这是要带到会上的，可是教授突然心脏病复发，只能由我代他送过去。30多年前，出差坐飞机可不是一般人能享受的待遇，这是学校开的介绍信，因为这植物标本不能够邮寄，况且坐火车时间太长，又怕它发生损坏，所以我是经特批才坐飞机赶往南方会场的。

这时，安检员看了我的介绍信，又看了标本说："给你一个盒子装起来随身带着。"

我说："不行，它需要一定的温度和湿度，我必须把它包起来缠在我的腰上。"

他们笑了笑说："那你自己装好吧。"

这个四四方方的白色包裹皮儿，还是我从山里来上大学，我娘给我包那些零碎的毛票时带过来的，我把它铺平，把几个长方形的小盒子码齐整，然后包了一层又一层，一下一下，包到最后，成了一个长条带子。我把长条带子系在腰间，而且把这个扣儿系了一个又一个。把它们放到了自己的腰部右侧，可以用右手随时护着，以保持它的温度。

透过候机厅的玻璃，看到机场上停着一架特大的飞机，那巨大的样子，像只笨重的大鸟，我的心里不由得一惊：哎呀，这么大的鸟，它那么重，要飞到天上掉下来可怎么办呢？

我心里一阵阵紧张，想起在山里的时候，我和小伙伴们一起玩从高处跳下来飞的游戏，每一次不管多高，大家都推举我先上去。我想起老师讲的飞行的故事，飞机都有两个大翅膀，于是我们也扎了两个树杈，也缠着一些树叶，可是没有挡住，我还是摔下来，重重地磕伤了膝盖。

从此我知道要飞出大山是多么不容易，能够坐上一次飞机更是从来想都不敢想的事情。

好在，我在我们村，第一个考上了大学，走出了大山，乡亲们敲锣打鼓放鞭炮，把我送出了大山，我先坐小毛驴车，再坐汽车，又坐火车来到北京读书。

而且我永远记得，为了让我读书，全村的父老乡亲都为我拿出了钱、粮，帮助我。

特别是我对门的邻居，也是我们一起上学的同学，她叫小红，和我同岁，总是帮助我缝缝补补。当时学校特别远，我们要翻过一座山。在路上，她就像大姐姐一样照顾着我，我衣服经常被刮破，手也经常被划破。她要么拽过我那划破的手指，用嘴把血吸出来挤一挤，要么就会拿出随身带的针线帮我缝刮破的衣服。在我们班里，没有选班干部，但她就是我们心目中的班长，对我们大家都非常好。

有的时候，她身体不舒服了，或者有什么情况，我们也不懂，看她趴在桌子上，我们就会拿一个小野果给她，或者给她做一个能吹的树叶哨，让她高兴，那时候山里的孩子都很纯朴,没有什么想法。也有同学起哄说:你们俩就像两口子。我和小红就赶快跑开。

后来在上学的路上，我们俩也不敢单独一起走，总是和一帮同学一块走。渐渐地，山里人接触外面的事物多了，山里也来了一些支教的老师，给我们讲了外面的世界是多么精彩。

于是我们就精心描绘着外面的世界，那将是高楼林立的地方，将有电灯、电话，所以我们就努力地学习。可是由于当地的风俗，女孩子读了小学就算是最大的学问了，不能让她再读了，她要负责带弟弟妹妹。所以小红辍学了，而我继续读下去。后来我又读到了县里的初中、高中，最后我考上了大学。我考大学选择的是农业专业中的植物分类。所以家里边也很高兴，县长还奖励了我家 10 元钱，让我置办衣服，不要给山里人丢脸。

就这样，我来到了北京，在北京我读完了本科，又考上了研究生。导师对我很好，带着我做实验，教我一些做人的道理。慢慢地，我开始知道要努力，要为国争光，不只是说为我的家乡争光。就这样，胡乱想着，听到大喇叭响，可以登机了，我拿着登机牌登上了飞机。平生第一次坐飞机，那感觉真是提心吊胆，登上那个舷梯的时候，觉得底下是空的。

我以前在山里登高、爬山、过山崖、过山涧都不害怕，可是怎么这不太高的一个梯子，走上去觉得晃悠悠的，很害怕。进了飞机的舱门，觉得那么小的一个舱门，走进去大家该多挤呀。可是进去以后才发现，里面空间好大的，和我们的教室差不多大，所以恐惧感慢慢消失了。这时，离飞机起飞还有一段时间。我第一次见到空姐，漂亮的航空小姐。在学校听同学们议论过空姐有多么优雅，多么美丽。班里还有很多女生说，真的后悔，不该考农科，应该读航空学校，当空姐。所以大家都对空姐充满了憧憬和敬佩。我看着空姐在机舱内忙碌，她们竟然对我说："请问你喝饮料吗？"我吃惊了，什么饮料，这里还给饮料？我知道，我身上带的钱不多，只够下车坐公交车到会场，然后再买回来的火车票，所以我说："我不渴，不渴。"

空姐走过去了，我在窗前望着远方，觉得一会儿就要腾飞了，一两个小时就会到南方，也就是我的家乡。我的思绪又一下子跳跃了，跳跃到了刚才来机场那一幕。

导师有个女儿，自小失去了妈妈，由导师带着她，在导师面前，她很乖巧也很任性。在我们这些同学当中，她最好说话，我们去山上采集标本，她就跟在后面，屁颠屁颠地跟着我。她走累了，就让我蹲下身，趴在我背上，让我背着她。她管我叫哥哥，我也把她当妹妹看。

这两年，不知道她慢慢地从哪里听说，女孩子喜欢大哥哥，那就是爱情。可能是她看那些小说看多了，有一天她竟然说："哥哥，我开始爱上一个人了。就像冬妮娅爱上保尔一样。"

我说："傻丫头，冬妮娅和保尔年龄相仿，你才多大呀。你刚刚上初一呀。"

她说："初一怎么了，初一也懂爱情。"

我说："好好好，不跟你说，我忙了。"没理会她。

这次她听说我出差要坐飞机走，兴奋得拍着手，跟好多同学都说了，竟然带着一群女同学到她家，一起跟我说："大哥哥，你坐飞机看到飞机下面什么样子，一定回来告诉我们。"还有的说："大哥哥，听说飞机上要送糖果的，你一定要把糖果带给我们，或者你把糖吃了，把糖纸带给我们也行。"

我一一答应了她们，然后赶紧收拾自己的行李，也没有什么，就带了一件换洗的衣服，主要是把标本收拾捆扎好。临出校门，要上公交车的时候，导师的女儿"噔噔噔"地从校园里跑出来，跑到门口的公交车站对我说："大哥哥，你记得，到了飞机上你一定要想着我在这儿等你，你可不许飞到你的老家就不回来了。"

我笑笑说："什么飞到老家，我只是远远地望望，飞机会经过我老家的上空。你别瞎说，我怎么会不回来呢？我还没有毕业，还有一年呢，而且我还要读博士呢。"

她说："好好好，你就跟着我爸读吧，一定读到博士后。"

我说："哪儿有读博士后的，是做博士后在博士站工作。"

她说："不管怎么说，只要你不离开北京就行。你可一定要回来呀。"

公交车来了，我登上公交车还看她伸着小手在下面喊："大哥哥，你可一定要回来呀，我等着你，回来给我带糖果。"

"同志，你需要饮料吗？"空姐打断了我的思绪，原来飞机起飞了。播音员播出了请系好安全带的通知，我按照航空小姐的指点，把安全带系好，开启了这趟不寻常的旅行。

为什么说它不寻常，因为正是这次飞行，第一次坐飞机，使我感受到了生死就在一瞬间，而且改变了我一生的情感和命运，真的，这绝不是矫情。

飞机逐渐升空，趴在舷窗旁能看见蓝天白云，一团一团的白云，就像那棉花地的棉花球一样，扑面而来，我兴奋，也激动，更多的是害怕。我觉得这得有多高啊？若要掉下去怎么办啊？可能是这种心理暗示，也可能真的是命中注定。

当飞机飞了一个小时左右，飞过我的家乡上空，我看到了在下面一片一片的红彤彤的东西像红霞一般涌来的时候，我知道那是我们家乡的一种叫映山红的野花。映山红开满了山岗，从高空俯瞰非常漂亮，就像红色的大鸟一样，和我们的飞机擦肩而过。我觉得真的很好看，很美。

这时我又想起了，今年暑假该回去看看爹娘了。从毕业就回去过一次，还有一年就该考博士了。还是应该回去看看。这时就听飞机上的小喇叭响了："旅客同志们请注意，我们遇到了一股气流，飞机出现了故障，请大家系好安全带，系好安全带。"这时飞机开始上下颠簸，令人头晕脑胀。很多女士已经开始呕吐、尖叫。

我还好，我什么也没做，只用双手紧紧护着腰间的标本，坐在那里听广播。飞机颠簸得更厉害了，好像向左侧使劲倾过去，而后又像车翻了一样翻过来，又向右侧倾去，它不是上下颠簸，而是左右颠簸。后来听人说飞机出事上下颠簸不怕，怕就怕它左右颠簸，那是一种失衡，失衡状态下就可能出现很多危险。

这时我真的敬佩那些空姐，她们神态虽然有些紧张，但是步履还是坚定的，她们竟然能够在那倾斜着的机舱内走来走去，检查旅客的安全带。对那些哭出声的妇女，她们上前慰问、安抚。这时好像是机长又发出了命令："各位旅客，飞机出现故障，有可能出现意外情况，请大家赶紧用航空服务员递给你的笔和纸写下自己的，写下自己的……"

机长还没有说完，机舱里面已是一片混乱。大人纷纷尖叫哭喊，男人叫喊着："为什么，为什么？"女人只是哭喊，小孩子也吓哭了，还有的哇哇呕吐，乱成一团。

我清楚地听见机长说的是写下自己的遗嘱，而且后面说了："我们会保证把这些信件，送给你的亲人，因为我们飞机上有黑匣子，要把它装起来，要快些，快些！简短地写明你的地址和家人的名字就可以了。"

航空小姐真的了不起，在这种情况她们没有顾及自己，没有写什么。她们就一个一个地扶着这些乘客写下自己的遗嘱。我当时在脑海中一瞬间已经忘却了生死，只是突然蹦出了一个念头：我爹娘，我爹娘在哪儿，我爹娘怎么办？就是爹娘这两个字，使我突然又想起了另一个人——小红，告诉她，她会照顾我爹娘。我虽然下面有好几个弟弟妹妹，但他们都很小。而且我觉得他们不能承担起照顾爹娘的重任。因为我一个妹妹出生就有些残疾，而我那个小弟弟因为上山砍柴，不小心被毒蛇咬伤，也落下了残疾。还有一个最小的妹妹，这两个妹妹一个弟弟可怎么办啊。我脑海中就是一个人，小红，小红，写给她。

我迅速地用空姐递过来的白纸，写下了小红的地址、名字，只写了几个字——“照顾好我爹娘”。然后匆匆写上自己的学校和名字就交给了空姐。

飞机左右颠簸得更加厉害，我脑子里一片空白。不知道是什么感觉，只是心里还有一丝念头，爹娘安排好了，就剩下我这个标本了，我一定要护着它。

我想起很多烈士在关键时刻说的那句话：“我在，阵地在。”我不由得大声说道：“我在标本在，我在标本在。”就这样我用两手紧紧地护住和我身体已经融为一体的标本盒。大声喊道：“我在标本在，我在标本在。”

我就这样说着，喊着，护着，奇怪了，不知道是我的誓言感动了天地，还是出现了什么情况，一会儿，飞机平稳了。飞机非常非常平稳，然后大家的哭声也停止了。传来机长特别喜悦的声音：“同志们，旅客同志们，报告大家一个好消息，飞机正常了，飞机故障排除了，大家马上就要到达目的地了。”

哎呀，大家一下子欢呼雀跃，那欢呼就是那种从鬼门关走回来的那种激动，那种欢呼。大人高声欢呼着，小孩子则嚷着“妈妈，爸爸”。我什么也没有说，只是用手护着标本盒，心里默默地想：我在标本在，我在标本在。

不知道过了多长时间，那时候我也没有手表，飞机徐徐降落在机场。空姐面露微笑护送大家走出舱门。机场上忽然出现了很多手抱鲜花的机场工作人员，原来他们刚才已经在机场监视器中看到了飞机惊险的一幕，这位机长真的是用高超的技术和顽强的毅力才把飞机开了回来，机场很多工作人员都奔向这里，举着鲜花，还有那些大的闪光灯，可能是报社的记者，大家拥了过来。不管认识的不认识的，每个旅客都被送了一束鲜花。

我愣愣怔怔的，不知道抱着这束鲜花要去哪里，我就回身转送给了刚才递我纸条的那位空姐。我说：“谢谢你，谢谢你。”然后随着人流走出了机场。

走出机场，会议中心已经派一辆吉普车来接我了。因为我带着标本，他们怕碰碎，怕丢失。坐在吉普车上，这时我才意识到刚才的可怕，听接机的同学说：“同学啊，刚才你坐的那架飞机出了危险你知道吗？你当时怎么样啊？”

我说：“我知道，我也写了遗嘱。”

“啊，你还这么小就写遗嘱，为什么要写遗嘱呢？”

我说：“不是的，是机长要求的，是机长要求每个乘客都写下自己的单位和姓名，还可以给家人写句话，还有什么东西交给家人。”

“哇，真的？”这个接机的同学可能也是个博士生吧。看着比我年龄稍大一点，简直惊喜，“啊，你真了不起，你的经历太神奇了，太惊险了。你也算是经历过生死考验的人了，你当时怕吗？”

我说："当时也不知道什么叫怕，也没有感觉到太多，因为脑子一片空白，可能上边缺氧，反正什么都想不起来了。"

就这样，我揣着这种死里逃生的感觉来到了会场，顺利地完成了标本的交接任务，又替导师拿了一些资料，然后踏上了返程的列车。

列车刚刚开进北京站，就见站台上一个小姑娘的身影，周围还有许多小朋友，是导师的女儿和她的同学来接我。她们从广播里听到了那架飞机能够平安着陆，是机长的革命精神挽救了全机人的性命。导师的女儿带着她的一帮女同学在站台上迎着我跑过来，她竟然一把搂着我的脖子说："我以为你回不来了呢，我都吓哭了。"

我说："你们听到消息时，我们已经安全着陆了，你还哭什么呀？"

"就害怕呗，替你害怕呗。"

"好了好了，快，你们去上学吧。我要赶紧赶回学校了。"

她们登上了另一辆公交车去她们的学校。我则登上开往郊区的公交车回到了校园，和导师作了简短的汇报，又开始进入了新的学习。可能是学业太忙，竟然忘了想一想当时写的那封遗书哪儿去了。

哦，想起来了，在我们下飞机以后，好像机长都还给我们了，我随手就放在了兜里。就这样，学习任务一天比一天繁重，实验课一天比一天多，我和导师不断地出去采集标本。

时间飞逝，到了放暑假的时候，导师说："你已经三年多没有回家了，回家里看看吧。如果没有什么事，早些回来我们再去一个地方采集标本。如果有事，你就多陪陪父母。"这时我才想起一定要找到那封遗嘱，一定要拿去给小红看，告诉她，她是我在关键时刻心中最理想的人选。

现在想想什么是最理想的人选，是爱人吗？也没有那么明确，就是说可以托付的人，可以信赖的人。

于是我找到这张在飞机上写下的遗嘱，揣在身上，踏上了回家的列车。

二

伴随着“哐当、哐当”的声响，列车渐渐地把我拉回了我的家乡。我的家乡在南方一座深山里，大山阻隔了山里的孩子和外界的联系，但是隔不断山里娃对外界的向往。随着山里架起电线，我们开始收听广播，我们翻过山去学校，也知道了外面的世界，知道了北京天安门，还知道了北京有很多很多所大学，在大学里我们可以学习很多很多知识。

因此，我们的心已经飞出了山外。可是当你真正飞出山外的时候，你的心灵深处最挂念的倒是那山里人家，还是那大山深处。在飞机发生意外，出现生死危机的时刻，我首先想到的是爹娘，是大山深处耕耘操劳的爹娘，是谁能照顾我的爹娘——我想到了小红。那么小红就一定是我这一生可以托付终身的爱人。

尽管山里人把女孩子嫁给男人叫托付，而我却经历了一次男孩子把自己的父母托付给小红的经历，把自己的爹娘托付给自己最信赖的人，那不就是自己的爱人吗？还有什么可选择的呢？还有什么可犹豫的呢？我一定要娶她，一定要娶她为妻，和她共度一生。但是我的余生还有一个重担，既要报效祖国,也要赡养我的爹娘。抱着这样的信念,我下了火车。

在火车站，那时候物资非常匮乏，也没有什么好买的。我买了一两红毛线，就一两，我买不起一斤，我觉得回去让小红织一副手套，这样她冬天手就不冷了，如果这一两线不够织手套呢，那就让她做个红头绳系起来吧。就像喜儿爹给喜儿那样，过年的时候，系个红头绳也是很喜庆的。然后再给我两个妹妹留两段做红头绳。

就这样我又倒汽车，又坐马车，最后又坐小驴车，回到了大山深处，回到了我的家。那时候也没有通电话，爹娘对我回来真的是悲喜交加，他们抱着我老泪纵横。

而我这时除了看我的爹娘,也用目光搜寻着小红的身影。因为我们的山村不大，谁家有客人来，大家都会一窝蜂地涌去，帮忙烧火的，帮忙打水的，帮忙端一碗荷包蛋的。

就在我这样想的时候，一个俊俏的姑娘出现了，是小红，这几年她长得越发水灵，留着短辫。山里人不兴梳长辫，因为她们要劳作，要下地，要担柴，还要爬树，辫子是她们的障碍，所以她们都梳着短辫。小红扎着两条短辫子，穿着一件红上衣，低着头，端着一个黑粗的大碗，里面晃动着三枚白花花的荷包蛋，她走过来说道："哥，你喝吧。"

"哈哈……"一屋人都笑了。这时娘才说："哎呀，你走这些年多亏了小红啊。小红每天都来帮你妹妹梳头，我的手中了风以后，老编不好辫子，你两个妹妹的头都是她给梳给洗的，她可是咱家的恩人啊。"

我赶快说："谢谢小红。"

小红说："都是同学有什么可谢的。你读书读得好吗？"

我说："好啊。我还给你带了一本书，你看看。"

她说："什么名字啊？"

我说："《钢铁是怎么炼成的》。"

她说："太好了，上学时，咱们就说要读，还有吗？"

我说："还有还有，还有好几本书呢，都给你看看，还有《卓娅和舒拉的故事》。"

"哎呀，真好，真好。"

就这样，我在家住了十几天，在十几天当中，我和小红谈了我在飞机上遇到的那次经历，也对她敞露了心扉，说："我要娶你，因为一个人在生死关头能够想到的人，必定是心灵深处最爱的人，也是能够把自己的终身托付给她的人。我是自私的，因为我首先想到了爹娘，才想到了由你来照顾我的爹娘，但我觉得这也是爱，我能够把自己的爹娘都托付给你，这不是爱、不是信赖是什么呢？"

小红低着头半天默默无语，然后说："哥，我也喜欢你，行，我答应你。但我不会和你进城，我要在家照顾我爹我娘、你爹你娘。行吗？"

我说："行，行。"

那时候女孩子很单纯，她也不知道我在外面有多么大的诱惑，她也没有特意提出约法三章什么的，什么要求都没有。而我考虑得也很单纯，以为我读完研究生，再考上博士，然后就回山里工作，在山里建一个科技站——建一个科研所不也很好吗？

小红答应了我的求婚，把我那张遗嘱仔仔细细看了几遍，又精精心心地把它包了起来，放在她一个红本本里替我收藏着。然后，她送我走出了大山。我又回到了北京，回到了我喧嚣的校园。

天有不测风云。

我研究生没有毕业，而且也没有考博的机会，于是我就谎称爹娘病重，悄悄地回到了大山深处。

回来以后我和小红领了结婚证，过起了农家的小日子。可是我心里还惦记着教授的安危，有一次走出大山跑到县城，打了一个长途电话，是教授女儿接的。她哭着说："哥，你好狠啊，你甩手走了，就留下我爸，我爸被批斗了。"

"现在呢？"

她说："现在我爸被放出来了，说是要搞科学种田，到干校去了。"

我问："那你怎么办呢？"

她说："我们同学说好了一起去找我爸，哥，你干吗呢，你还回来吗？"

我说："小妹，我回不去了，学校已经没法教学，我的实验也没法进行，况且我也结婚了，我不会再回去了，等将来有机会我会去北京看你们。"

小妹说："哥，那你好好的，你好好注意身体，等有机会，我们再联系啊，哥，来北京时，一定要记得来学校看我。"

我说："好，向你爸爸问好。"

我心里一块石头落地了，这件事同时也告诉我一个新的信息，那就是不管什么革命都是需要科学，需要科研的。特别是我们搞的农业科学研究，对植物种子分类的研究还是有需要的。

因此，我就在家里开辟了一小片土地。开始收集一些种子，种一些植物。小红一直帮着我做这些，并且照顾我的爹和娘，把我两个妹妹也都打理得干干净净。

有一天，小红和我娘去山那边采药草。我们当地人生了病是不去医院的，就是自己找一些野药，什么石竹啊，什么金银花啊，马齿苋啊，采回家备着。

采野药的过程中，娘被小蛇咬了，不知道是不是毒蛇，腿红肿着。小红跟我学了一些野外救治办法，她扯下自己头上的红头绳——就是那年我给她带回来的那一两毛线剪的红头绳——把它缠在娘的腿上，然后趴下去用嘴把蛇液吸出来，娘的腿消肿了，她的嘴却肿起来了。当她们婆媳俩，娘一瘸一拐、小红肿着嘴站到我面前时，我惊呆了。

我说："这是怎么了？"

娘说："我被蛇咬了，她俯下身就把蛇毒给我吸出来了。"

我说："哎呀，你真是个傻媳妇儿。你用嘴去吸那毒不是你也中毒了吗？"

她嘟嘟囔囔地说出一句话："娘重要，娘重要。"

我赶紧把她拽进屋，帮她做了些处理，好在我还带了一些野外救伤药，给她涂抹上。不久，小红就好了，娘更疼她了。而我也更加深了对小红的依赖。

过了几年，开始复课闹革命，学校也曾通知我让我回去，但我没有再回去。因为我已经离不开我的爹娘，也离不开我的小红。他们给了我比外面世界要温暖很多很多的亲情和爱情。我们的大女儿出生了，一年多后，我们的小儿子也出生了。

县里知道了我是北京回来的研究生，就把我招到县里做了一名中学的代课教师。我的家庭收入稍稍有了些改观。

小红带着山里的孩子们搞编织，偷偷摸摸地拿到县城去卖，换些柴米油盐，就这样，家里的日子慢慢好起来。

我在学校利用寒暑假带着喜好植物的学生，到山里做调研和实验。有个学生和我一起对大山植物做了分类研究，在《科技报》上发表了一篇论文，县里非常重视，破格给我转正了。

我们的孩子渐渐地大了。我已经走上了学校领导岗位，后来又调到教育系统做了一个不大不小的官。这时我把孩子接到县城，让孩子省去了我小时候翻山越岭去读书的劳累，可以专心致志地在我身边读书，小红坚决不来，不管我爹娘用什么方法“赶”她，她都不走。

小红对爹娘说：“您二老是哥的命根子，我就照顾您二老一辈子。”她一直不叫我的名字，也不叫什么老公，就叫“哥”，透着那么股亲热劲儿。

她说：“哥在外面教书，您二老就是哥的命。哥在飞机失事，就要出意外的时候，他都想到了把二老托付给我，我不能辜负了这份重托啊。”

我爸妈说：“那都多少年前的事了，没关系的。现在我们身板还硬朗，不用你照顾，你去陪孩子们吧。”

“不行，这有遗嘱的。”

小红晃了晃她那小红本，里面夹着我写的那张遗嘱。

我爹娘也笑了说：“拗不过你这丫头。那好吧，你每个月进趟城，给他们俩孩子送点咱这儿的苞米啊，红薯干啊，摘些个新鲜果子，再拿一筐鸡蛋给他们送去。”

“好。”

就这样，小红每个月搭乘拖拉机到县城，捎带着村里的姐妹们，用一些山货换些油盐酱醋之类的生活必需品。

就这样，我们把孩子培养到了高中，又考上了大学。两个孩子都考上了北京的大学。

这时我的爹娘已经渐渐老了，先后离开了我们。我也到了退休的年龄。

我说："小红，咱们该走出大山了。"

小红说："那不行，把爹娘扔在这儿，我不放心。"

我说："没关系，现在交通方便，咱们时常回来看看。"

三

于是，我们俩一起来到了北京。我们首先去了导师家看望，但是导师故去了，导师的女儿也远嫁国外。

我和小红在孩子安排的房子里住下了。

每天我们俩没什么事情可做。我离开了实验室，离开了农田也不知道做什么，好在小红给我买了好多花盆，我们在楼上的阳台养了很多花。除了种这些花花草草，闲暇时我们就去图书馆看书。

小红的眼睛不知道是不是那次中毒受了损伤，反正是有一只眼睛近乎失明，不能再看书。我给她读故事书，读报纸。女儿给我们订了很多报纸让我为她读。

小红对女儿说："我就喜欢听你爸读书。"我给她先后读了法布尔的《昆虫记》、芭芭拉的《花婆婆》，然后开始读《安徒生童话》。

每天晚上我们吃完饭洗漱完毕，她就会给我打来一盆热水泡脚，这是我们在山里老家养成的习惯。然后我们上床休息的时候，我会扭亮床头的台灯为她读一段书，读着读着她也困了，我也困了。我们就一起进入梦乡。

这几年，我们两个身体都不是很好，于是我们就和女儿、儿子据理力争，最后来到了养老院。每天我们俩还是要读书、听书。

后来我就想，如果她眼睛越来越看不见，我眼睛也看不见了怎么办呢？于是我又写了人生的第二份遗嘱。

嘱咐我身边的人或者是儿女，如果他们不在小红身边，就劳烦我们的护工，一定要在我走后，帮我老伴儿放我的读书录音，我们买了录音机，我每天晚上读的书，把它录下来，里面还有老伴儿的话“行了，睡吧”，有时候还有老伴儿“咯咯咯”的笑声。还有时候，老伴儿说：“你看真是的，农夫怎么能这样呢？”对小红帽她会担心，对豌豆公主她更会担心。还不时发出我们俩人讨论的声音，我把它全录下来了。

我在第二份遗嘱中写道：“如果我先走了，那就请女儿、儿子——当然他们不可能侍奉在床前，他们都有工作，儿子、女儿都很优秀，他们一定会给他们妈妈雇个护工——那么我就劳烦护工按一下键，每天给老伴儿放一段录音，让老伴儿听着我的读书声做一个美好的梦。即使我们在人间分隔开了，到了天国我们还是那样天天种花种草，天天读书读报。一定让我们的生活一天比一天好，比童话故事还要美好。”

听着老教授这段讲述，我陷入了深深的沉思。

老话说：“鸟之将死，其鸣也哀，人之将死，其言也善。”在生命即将终结的时候，在最后那一刻，从人心里迸发出的想法，迸发出的语言是最有震撼力的，也是最真实的，它是人性的大美之作，是彰显人性最原始情感的文字。

这样的文字告诉我们，人世间无论是喜怒哀乐，还是聚散离合，都关乎一个字，那就是“情”，世间万物皆有情。

这些美好的祝愿都伴着我们生活的每一瞬间，所以在遗嘱这个问题上，我们真的要颠覆过去的理解。要知道它是人的本性，也就是人性最美好的一面的彰显，也是留给后人的爱的接力棒，爱可以传承，爱无边，世世代代在我们身边传承。

无论现代生活多么高科技，只有文字是可以流传的。最能够打动人心的文字，则是心底的语言，心底的秘密，心底的爱恋，心底的留言。而这些都可以通过遗嘱的形式表现出来。

我看到很多长者打开那沉甸甸的遗嘱的瞬间，他们的眼中大多都会闪动着泪光，这不光是他们对自己生命的怜惜，更是他们觉得有责任有义务把这份爱，把这份情传递下去。

就是为了这份血脉相传的情，我们也要珍惜生命，关爱长者，爱我们的爸妈，爱我们的孩子，爱这个世界，让这个世界充满爱。

THE LAST LETTER

还愿

遭猜忌的秘密

主人公小传

名　字：吴兰、白强

性　别：女、男

年　龄：70 岁、72 岁

职　业：退休教师

居住地：上海郊区某养老机构

窗外雨打芭蕉，屋内白兰幽幽。

我随着护工小王走进了白老的房间，兰姐姐还是那样优雅，翘着兰花指在侍弄着那株白兰花，白大哥则坐在窗前的椅子上看报纸，屋里一片寂静，没有了往日的喃喃细语。

谁都知道白大哥和兰姐姐是一对恩爱夫妻，每天有说不完的情话。在模特队，他们演一对情侣，台上的表演非常到位，那传情的眼神，那优美的姿态，为养老院模特队赢得了很多掌声。走下台，即使在林间散步，他们也是手挽着手，不时发出一阵轻微的笑声。可是今天他们却各干各的，互不相干，看来这一次吵架是两败俱伤。

兰姐姐向我点了点头，然后轻轻地摘下一朵白兰花，拿出一根细细的绣花针，上面系着一条绿丝线，轻轻地穿过花瓣的花柄，打了一个漂亮的小结扣，然后轻轻地绕在了我白衬衫衣扣上，顿时一股幽幽的白兰香气袭来，我不解地说："怎么了？这是怎么了？"

兰姐姐还没有开口，眼圈就先红了，我顺势把她揽在肩头，她竟呜呜地哭出了声。白大哥也发怒了，放下报纸大声喊叫："哎哟，你们看呢，倒是恶人先告状了。"

兰姐姐也没有了往时那小鸟依人般的温柔，尖叫了起来："看呢，看呢，原来他把我当作恶人了，晓得了，我是恶人哈，晓得了，我是恶人哈。"

在养老院看惯了老人们争吵，说他们打情骂俏那是有点不敬，但是他们吵吵闹闹确实就像小孩子过家家一样，一会儿翻脸，一会儿好，有时候根本不用劝，一会儿工夫他们就好了。

还有的时候吵着吵着，突然一个皱了皱眉头，另一个马上停止了争吵说："怎么了，你怎么了？"怪得很，看见他们争吵，有时候竟然也是一种享受，享受着他们彼此敞开的心扉，彼此不隔夜的争吵。

只要有争吵就说明他们在深爱着对方，他们关注着对方的一举一动，关注着对方的吃喝冷暖。有时候我们也说，让他们吵吵吧，吵是一种发泄，吵对他们来说就是一种游戏，所以我就没有上前劝，只是轻轻拍了拍兰姐姐的后背说："好了呀，好了呀，阿拉不是上海人，听不懂你们的上海话。"

兰姐姐笑了，白大哥也笑了。

白大哥笑了笑说："对不起，薛老师，是我失态了。"

兰姐姐赶忙拉着我的手说："坐下，坐下，跟你说啊，这个老东西真的是越来越不像话了。"

白大哥急了："什么老东西，阿拉很年轻呢，阿拉是帅哥呢，晓不晓得呢。"

我没有插话的份，只有在那里默默微笑着看他们，等他们过了这阵，我说："兰姐姐，你先说说吧。"兰姐姐话未出口，就开始抽泣起来。

作为北方女人，我不得不羡慕南方女人的柔美，南方女人笑不露齿，哭不出声，那样一抽一抽地啜泣，更让男人心动，兰姐姐这一抽泣，那边白大哥又是怜惜又是生气，他说："怎么啦？怎么啦？都是，都是遗嘱惹的祸。"

我似乎明白了些什么，这些天，随着生命教育课题的开展，大家对遗嘱有了不同的看法，有些老年人开始着手写自己的遗嘱。

可是我知道他们只有一个儿子，现在海外求学，经济条件非常好，他们两个人住养老院，一套房产在出租，退休金绰绰有余。还有什么纷争吗？看着我不解的目光，白大哥说："嗨，也怨我，怨我招惹了她。"

兰姐姐听了这句暖心的话，又是一阵抽泣，抽抽搭搭的就像一个受了多大气的小媳妇那样，委屈得不得了，那眼泪真的就像断线的珍珠，扑簌簌地顺着白皙的脸蛋往下掉，看得我都心疼，别说白大哥了。这个上海小男人，其实是个大丈夫，对自己的女人是呵护有加的。

白大哥赶快递过来一方纸巾，说："好，好，好，我来说清楚吧。本来这次写遗嘱，我们俩说好不写了，我们的房子早就过户到儿子名下，存款也都让儿子帮我们代管，也没有什么亲戚朋友，只有一个孩子，自然遗产都是他的了。

“可是我说人这一辈子必然都有点自己的心事需要释放，咱们各自写一下吧。我就简单地写了几条，其实也没什么，她非要看，我就不给她看，她就说我有事瞒着她，还说什么我一定是在外面养了小三。你说我们俩 23 岁结婚，到现在都过了金婚了，我怎么可能在外面养小三呢？”

兰姐姐说：“那你就拿出来看嘛，不做亏心事，不怕鬼叫门，把你的遗嘱拿出来看看又能怎样呢？”

白大哥说：“哎，遗嘱，遗嘱，那都是死了以后才让人看的，干吗非得逼着我现在就看呢。”

兰姐姐说：“等到人都死了，看了又有什么用呢，只是枉添一些烦恼和哀伤，要真有未了的事，不如现在去做，现在不做，等到那时候就来不及了。”

白大哥说：“好，好，好，小娘子，我拗不过你，阿拉给你们看看。”

白大哥打开衣柜的门，取出一个橙色的笔记本递到了兰姐姐的手里。兰姐姐说：“阿拉不看了，晓得你没有什么好东西写出来，让薛老师看吧。”我接过了笔记本，打开那一页低声读起来——

题目是“我的遗嘱”。

我这一辈子上学时是个好学生，插队时是个好队员，回到上海参加工作后，又是一个好教师，我培育了很多学生，可以毫不谦虚地说“桃李满天下”。

我和我的太太结婚以后一直恩爱，生下一子现在美国留学，我们的房产和所有的家产全部归属他和他的家人。我目前只有一件事，心里头总是一个牵挂，希望在我走后，我的儿子能帮我完成。

在我插队的黑龙江农村，那里的乡亲对我们非常好。插队时大家和北京的知青在一起，他们北方人总说我们南方是小男人，特别是说我，白白净净的，所以他们管我叫小白脸，还说我是上海小书生，所以我在那段插队的日子里，特别努力地工作，下地劳动无论是挑担还是犁地，还是养猪，我都从没有落在后面。因为从小我爸爸就告诉我，人人都说上海男人娇气，其实不是，我们也是男人，我们也有铮铮铁骨。

因此，我样样走在前面，从不落后。有一年山上发洪水，大家扛着木头沙包去堵那个决堤的口子。我和大家一样，赤着脚扛着一根大圆木，就向那决堤口跑去，可能是我体重太轻，一下子就被水冲下去了，还好几个北京的知青把我紧紧地抓住，拖到了岸上。由于喝了太多的水，我差点昏迷。村里的赤脚医生叫小香，她奔跑过来为我做人工呼吸，危急关头救命要紧，也没有人想什么，也没有人说什么。可是等我平安无事了，知青点却爆出了一些新闻，说是我被小香吻了，小香非我不嫁了。我也不知道是真是假，也不敢问。从此以后小香见了我也是低着头就走开，我们之间没有再说一句话。不久我们就被招工返城了，可是后来听回去探望的同学说，小香一直没有找到合适的对象，就是因为有人传说她和知青亲过嘴。这件事让我很自责，更不敢去那里看他们。我们同学曾经有好几次组织到插队的地方去看看，我都没有去，我真的怕见到小香。

现在老了，在我走后，真的希望我的孩子能替我去看看，如果因为她救我，给她的人生造成了影响，那么请代表我和你的妈妈对人家表示歉意。那时候当地的农民都特别喜欢上海的小坤表。儿子，如果你去的话，能不能给小香带一块小坤表送给她，也算是报答她对你爸爸的救命之恩。

“就这些，我就写到这，她就一定要看，我没让她看。”白大哥不等我念完就抢先说了。

谁知兰姐姐抽泣得更厉害了，抽抽搭搭地说：“晓得了，晓得了，原来你的心里还惦记小芳呢。”

我也笑了，说：“兰姐姐，你还知道小芳呢。”

白大哥说：“什么小芳啊，她叫小香，叫小香。”

兰姐姐也扑哧笑了，竟然甩出了几句歌词，是李春波的那首《小芳》：“村里有个姑娘叫小芳，长得美丽又善良……”兰姐姐夸张地唱着，眼里含着泪水，不知是哭还是笑，白大哥气得坐在那里，我真的看到他发抖了：“我没有，我跟她什么事也没有，你要这样欺负我，我可真的是上天无路，下地无门。”白大哥语无伦次地辩解着。

兰姐姐就在那里抽风似的唱着：“村里有个姑娘叫小芳……”

他们这一出混战，我坐在那里走也不是，说也不是，就这样微笑看着他们，看着他们老两口儿在这里打闹。

窗外的雨声渐渐大起来，就像蚕豆那样大的雨点，噼里啪啦地落下来，我找到了话题，我说：“兰姐姐你看，你把老天都惊怒了，下雨了吧，知道吗？窦娥冤六月下大雪。”

白大哥还没等我说完，就突然大喊一声：“我冤呢，冤呢，冤呢，老天下大雨了，瓢泼大雨啊，洗刷我的冤屈吧，洗刷我的冤屈吧。”白大哥就这样呼天喊地地大声叫着，兰姐姐从来没见过他这个架势，不由得目瞪口呆了。

上海男人都是很矜持的，他们上班勤勤恳恳地工作，回到家里也是踏踏实实地洗衣做饭。兰姐姐这些年，就从来不让白大哥插手厨房的事，她虽然也是个江南女子，但是她受过特别传统的家教，她的家教告诉她，好女人要上得厅堂，下得厨房，她不愿意自己男人被别人指指点点，说是个围着锅台转的围裙男，所以她根本就不允许白大哥系围裙，每次下班回到家里，她都会挓挲着两只小手，等着白大哥为她系上围裙，然后就在厨房忙碌着。

白大哥呢，从来都不是坐在一旁观看，而是倚在厨房的门边，一会儿为她唱支歌，一会儿为她端杯水，她要切菜就把案板放好，她要刷碗就把洗涤液挤到抹布上，他们两个可真是琴瑟和鸣的恩爱夫妻啊。

吃过晚饭，收拾好碗筷，他们就到弄堂里去散步，总是兰姐姐挽着他的胳膊，他一副大男人的样子，邻居都知道他们是喝过墨水的人，都是大学教授，他们在弄堂就是一道亮丽的风景。

住进养老院也是他们自己的选择，为了让儿子更踏实地在国外求学，他们一起商量着来到了这家比较高档的养老院，在这里他们教其他老人学英语，和老人们一起走模特步。

清早，他们会迎着朝阳在湖边散步。傍晚，他们和大家一起坐在凉亭上欣赏票友唱戏。每周，他俩还要到市里的文化宫或剧院听一场评弹，或者看一场话剧。他们的生活安排得井井有条，兰姐姐真的就像我们北方人眼中的上海小女人那样，很会安排生活，很有情调，但是他们要真吵起来，那尖叫声也是够唬人的。

这不，兰姐姐又尖叫起来了："阿拉晓得了，阿拉晓得了，那些年为什么你总爱看黑龙江的天气预报，因为那里有你的小芳啊。"

白大哥真的是气成了"小白脸"，哆哆嗦嗦地说："你简直是胡说八道了，你简直是胡说八道了，那是看天气预报，那是中央台，新闻联播以后的天气预报，哪座城市都能看到，那你不是也看北京的天气预报嘛，难道你在北京也有小芳吗？"

越说越吵越闹，我插不上话，只是看着他们吵。

这时，只见兰姐姐突然用一个兰花指使劲按了按左边头角，就这一个小动作，白大哥快步冲上前扶住她："怎么啦？怎么啦？你是不是头疼了？你是不是头疼啦？"

兰姐姐撒娇地说："哪个要你管，哪个要你管，不要你管我，不要管我好了，让我死好的啦。"

白大哥一点都不顾忌我和小王在场，一把将兰姐姐拥到了怀里："好啦，不要生气了，好啦，没有的事了，不要生气啦。"

我知道这时我们说什么做什么都没有用，就拉着小王悄悄地退出房门，在走廊上看到窗外的雨忽然停了，不知道什么时候还出现了一道彩虹，赤橙黄绿青蓝紫，那样耀眼。很多老人都围在窗前观看。

一个姐姐突然说："啊，多好闻啊，快闻闻，雨中有一股白兰香气。"我知道这是兰姐姐为我别上的这朵白兰花散发的幽香，暗香袭人，这种暗香不张扬、不喧嚣，它淡淡地弥漫在人们的心中。

暗香就是一种爱，这种爱是这些年走在一起吵吵闹闹凝聚成的爱的结晶，就像《新白娘子传奇》中的歌曲唱的："十年修得同船渡，千年修得共枕眠。"那千年的意愿化作了夫妻，那是多少个日日夜夜打磨出来的啊，我知道白大哥和兰姐姐明天就会和好，是的，明天太阳照常升起，他们依旧会恩爱如初。

秋高气爽，我又一次来到这家养老院，只见七八辆旅游大巴停靠在那里，原来今天老人们要去郊游。一个穿着白色风衣、黑色长裤和耀眼白皮鞋的女子款款地向我走来，还不待走近，一股幽幽的白兰香气就已经扑面而来，兰姐姐微笑着对我说："走吧，和我们一起去千岛湖。"

我说："好啊。"

我和兰姐姐一同上了车，她把坐在她身旁的白大哥撵到前排去坐，和我轻声细语讲着她和白大哥去黑龙江旅游的经过。

看着兰姐姐那一脸幸福，我也静静地听她讲述——

那一次我们因为遗嘱问题吵了架，晚上我就和儿子告状。儿子说："妈妈不要责怪爸爸，爸爸是个好丈夫。这样好了，等放暑假我和你们一起去黑龙江走一走，权当是旅游，去看看他的救命恩人，也了却您的一桩心愿。"

我嘴上说"不要啦，不要啦，我信得过你爸爸的"，可心里就想去一探究竟，毕竟这是一个心结，如果没有这个心结他怎么能写进遗嘱呢？所以我还是期盼着和儿子的东北之行。

放暑假，儿子果然飞了回来，还带了儿媳和小孙子。我们一家五口乘飞机来到了黑龙江。我们来到他插队的地方，住在附近的宾馆，这里已成了一个旅游景点。住下以后，就跟着我老公向他曾经生活过的那个地方走去。

这么多年了，他竟然记得那么清楚，一一介绍，这里是当年的知青点，这里是伙房，这里是场院。还真有那么几间用木板搭的房子矗立在那里，上面还赫然写着“知青点”三个字，原来这是专门为那些拖家带口来这里怀旧的知青重新布置的。里面的大土炕，在冬天烧得通烫，上面还铺着被褥。墙上挂着毛主席像，屋里还有很多军用水壶。

当年的老支书已经年岁很大了，他的儿子承担了这里的讲解工作，他向我们讲了这里的故事。老支书的儿子特别讲了我老公曾经在一次山洪暴发的时候，一个人扛起一根粗粗的圆木，就向那决堤口跑去。他那么瘦弱，那圆木压在他身上一颤一颤的，可他还是蹚着滚滚的雨水，愣是冲了过去，即使是当他即将被洪水冲走的时候，他也没有放弃那根圆木。那个讲解员说：“我记得，我记得就是您啊，当年的小白脸。”我老公不好意思地说：“哪里了，哪里了，没有了没有了。”

我说：“老公你好棒，阿拉好爱你啊。”

我老公说：“告诉你吧，不是我舍不得扔下这根木头，我是抱着它救命呢。”

我儿子和孙子都哈哈大笑起来。

傍晚，老支书的儿子为我们做了一顿特别丰盛的当地饭。

我老公也完全不像上海小男人的样儿，他在这和大家一起猜拳、划拳、喝酒，什么老鼠杠子鸡，他总是赢，他喝得少，我知道他心里有事，他还惦着小香呢。

我就主动对老支书的儿子说：“大李，你能带我们去看看当年那个卫生员小香姑娘吗？”

“哎呀，哪里还是小香姑娘啊，她都当奶奶了。好，好，好，从你们知青走了以后，也不知道怎么传来传去说她和知青亲过嘴，所以她的婚事一拖再拖。她自己咬着牙努力，考上了中医院，学了针灸，还找了医生结婚，回来以后就把卫生所办成了中医研究所，把这边的伐木工人、农民、兵团战士，什么腰腿疼病都用针灸给治好了。小香在我们这可有名气了，那是连续多少年的劳动模范，优秀农场职工，也是我们这的大名人呢。现在她的女儿接了班，也在那个研究所做中医研究，她现在可享福了，在家带孩子，没事还和这里的老人一起跳街舞，她还是领舞呢。”

当时我老公一言不发，就低着头在那假装喝酒，其实我知道他心里头肯定有事。

我就对老公说：“我们明天去看她，好的啦。”

我儿子说：“干吗要等明天呢，今天我们去好不好？”

老支书的儿子说：“好，好，好，我现在带你们去，她住得离这不远。”

我们来到小香家，打开门，一个满头白发的老人出现在我们面前，她说：“你们是谁啊，你们找谁啊，是要看病吗？”这些年小香的针灸中医研究所名气很大，特别是对老年关节痛、颈椎病都很有疗效，很多外地老年人都慕名而来，有的看他们所的医生下班了，就直接找到家里来，老支书的儿子说：“不是的，小香阿姨，您看看这是谁？这是当年在咱们这插队的小白啊。”

小香揉了揉眼睛说：“小白？小白怎么头发都白了。”说完她自己又笑了：“嗨，我自己都满头白发了，来，来，请进，请进。”没有一点儿羞涩，没有一点儿惊喜。

我看得出来他们两个没事，上海女人的直觉是蛮准的，我知道我老公跟她没有事情。

我老公说："小香姑娘，谢谢你当年救了我。"

小香说："别提了，就因为救了你，害得我好几年嫁不出去。"

我一听这话，更知道他们俩没事，这么开朗大方的东北女子，怎么会爱上我的这个上海小男人呢，我老公不知怎么了，还脸红呢，他说："我后来听说了，真的抱歉，一直想来看看你，可是没有机会，真的抱歉，真的抱歉，这是我太太。"

我赶忙说："小香，谢谢你，如果不是你当年救了他，我怎么能得到这么一个好老公呢。"

儿媳妇也上来说："小香阿姨，谢谢您。"然后叫过她的儿子说："谢谢奶奶，是奶奶救的爷爷。"

小香连忙说："别，别，别，你们要这样我可受不起，这是咋说的呢，我是村里的赤脚医生，我不去救，谁去救。"

儿子非常沉稳平静地说："小香阿姨，当年您救我爸，就没想到会给您带来一些影响吗？"

"哪有啊，哪还能想那些，救人要紧。你可不知道，当年他们知青在这可是立了大功，你们来的时候路过的那个大坝，现在叫湖畔公园了，那就是他们知青修的，你知道为修这个大坝还走了好几条人命呢。还有他们知青来了以后，给我们讲外面的故事，借给我们书看，可给我们'洗了脑'，我们这旮旯比较闭塞，对外面的世界不了解，他们来了，带领着我们看见了希望，我们这后来出去了好多大学生呢。对了，我女儿也是在北京读的医学院，这不，我这摊子事放不下，才把她拽回来了。"

我儿子说：“谢谢小香阿姨当年救了我爸，这是我爸和我妈的一点心意。”儿子双手捧上了一块精致的上海小坤表。

小香阿姨说：“哎呀，现在我们商厦都有了，不像过去，我们这的姑娘要说谁能淘到一块上海手表，那真的是天大的稀罕事。现在不用了，我们商厦，不要说上海、北京的东西，就是法国的香奈儿这都有。”大家笑作一团。

儿媳妇又恭恭敬敬地送上了一条上海故事丝巾，说：“小香阿姨，这是我妈妈让我帮您选的。”

小香说：“哎哟，我们东北女人啊，可不像你们上海女人那么多故事，我们没那么多故事，有的就是力气。”

说着她给我们沏上了当地的一种茶，是一种野生虫草花的水，大家喝着茶、聊着天。

我看我老公总是低头不语，就说：“老公你说话啊，你感谢啊。”我老公站起来，特别恭敬地向小香鞠了个躬。小香也“噌”地一下从炕沿上站起来：“干吗啊？干吗啊？小白你这是干吗啊？”

我老公说：“谢谢你救了我，因为你救了我还影响了你的婚事，我真的很抱歉。”

小香说：“啊呀，也就几年的工夫。后来我就成了这儿的名人，那追我的男孩多了，我现在的老伴儿就是当年追我的，他是我们县医院的院长，这不我们俩一起，就把这个小研究所捣鼓起来了。这两天，他陪着闺女在研究所忙乎，一会儿我把他叫回来。”

儿子说：“不用了，小香阿姨，我们就是过来看看您，向您表达谢意的。”

小香说：“哪有那么多谢的，不用了。小白，看你们这一大家子多好啊，有机会，把你们那帮知青都找来，我这全包，包吃、包住、包玩，我家也有车，房子也多，你们来了随便住，随便玩。”

小孙子高兴道：“好啊，好啊，我也可以带小朋友来。”

大家说说闹闹地聊了一个晚上。

第二天，小香陪着我们一起在周边转悠，这里的山是那么粗犷，这里的树是那么高大，这里的人们是那样宽厚，那样包容，让我们这些上海小女人一下子融进了大山的怀抱，小香一直拉着我的手，一路说着贴心话。

我们这一趟旅行别提多开心了……

我说：“兰姐姐，那你现在还怀疑白大哥的小芳吗？”

兰姐姐不好意思地说：“开玩笑的啦，不要老提这段了，我现在经常和小香通话，经常聊天，告诉你，今年冬天我邀请他们来这过春节呢。

“我儿子说了：‘人到老年，对青春往事是记忆最深刻的，青春的一些遗憾、一些往事需要去弥补的，就要抓紧弥补，干吗要都写到遗嘱里，由后人代你们去完成呢？你们现在身子骨还硬朗，而且交通这么发达，只要你们说出来，我们做子女的就会尽力陪着你们完成心愿。不然把这个心结带到天堂，那会很痛苦的。’

“我想儿子说得真好，有爱就要说出来，像鲁豫姑娘说的，有爱大声说出来，有怨也要把它解开。儿子这段话对我们启发很大。院长知道后，还请我儿子在我们每月一次的老人生日会上，做了演讲。很多老人的子女都意识到了这一点，趁着老爸、老妈还健在，要抓紧尽孝。‘老人有未完成的心愿，有未了的心结，有未说出来的话，要说出来，而做儿女的要帮助他们去完成。他们在这个世界留下了很多精彩的故事，留下了很多五彩缤纷的碎片，需要我们去采集，需要我们去回顾。他们的成长经历，对我们来说就是一笔巨大的财富。为了我们爸妈晚年生活更美好，为了我们今后的生活更美好，和爸妈一起为实现他们的心愿而努力吧。’

“儿子的话激起了在场老人和他们子女的阵阵掌声。从此，我和老公就成了院里的名人，就是带头实现自己的愿望，把自己未了的事情做完的榜样。

“院长说我们是时尚达人，其实什么叫‘时尚’，就是按照自己的愿望，把这事做出来，只要自己开心，那就是‘时尚’，就像这白兰花（她指了指自己身上系了一根细细的绿色丝线的白兰），白兰花开两季，夏季也开花，秋季也开花，最后它又结成红红的果实，它把幽香带给了人们，而它自己也会结出红红的果实，你说是不是？

“我们每个人都有故事，上海女人故事更多。但是每个人的故事都是不一样的，世上没有相同的两片树叶，也没有相同的人生，每个人的人生都是五彩缤纷的，自己的人生要靠自己去完善，这也是对自己一个很好的交代。”

白兰幽幽，香气袭人，这一路我们都沉浸在暗香之中。

THE LAST LETTER

婆媳

另类麻辣婆媳

主人公小传

名　字：杨军

性　别：女

年　龄：70 岁

职　业：退休媒体人

居住地：北京某养老机构

“叮咚”，手机微信推送消息，只见上面写着：是我，赶快加我微信，让你看看我的另类生活和另类遗嘱。

不用猜就知道是她——那个女军人、“土八路”，大家都这样叫她，其实她不土，她很洋。平时穿衣戴帽都非常随意、随性，长短外搭、秋裤外穿什么的都敢穿，她不管怎么搭怎么弄，还就那么时尚、那么新潮。

院里的老人们对她指指点点，可是她有一个优点，就是特别热心助人，甭管是哪个老人，谁生病她都去看望，谁上街没人陪，她都陪着，谁要上医院挂号没人去，她就“噔噔噔”给人家排队去。

这个女强人也有非常脆弱的时候，那就是生病时，她简直就像一个小孩子，输液怕疼，扎针怕疼，吃汤药怕苦，对医生说："我不打针，我不打针。"然后又对扎针的护士说："你慢点，你慢点。"弄得护士都拿她没办法。

可你说她怕疼吧，那年张阿姨手术失血过多需要输血，她撸起袖子对大夫说："扎吧，抽我的。"

大夫说："不行，这针管可粗了，疼着呢。"

她说："没事，当兵的人不怕。"

当时所有人对她的敬佩都油然而生，大家都知道她就是这样一个大好人，好女人。

她的微信名叫"仙人掌"，头像是她儿子小时候给她画的速写，经常给她评论的叫"小皮球"，我知道"小皮球"是她的儿媳妇。她的儿媳妇也特别有意思，是个白领，跟她唇枪舌剑在微信上斗嘴，看着看着我就想笑，但是笑中又感到非常甜蜜，这是一对怎样的婆媳啊，大家看看吧。

婆媳斗咳嗽

一对天敌，面对天灾携手并肩，在微信朋友圈唇枪舌剑，形成了一条看不见的战线；在病房狭小的空间里，你推我让勾肩搭背，上演了一场亲情大戏。

历时 27 天，一对天敌各取所需，"仙人掌"痊愈出院，"小皮球"减肥成功。

一对天敌智斗在继续。

北京的深秋，万物凋零，"小皮球"的老公要援外一年，"小皮球"泪洒机场。

“仙人掌”在家对儿子千叮咛万嘱咐，转身就在微信上书写：两情若是久长时，又岂在朝朝暮暮。

“小皮球”评论：站着说话不腰疼。

“仙人掌”回复：老公离去20载，我心依旧。

“仙人掌”在输液，药水滴得比较缓慢，“小皮球”坐在床边，一边给她按摩、放松双腿，一边叨叨一句：“这液输得有点慢吧。”

“仙人掌”睁开眼说：“你把它给我摘下来。”

“小皮球”说：“干吗啊？”

“仙人掌”说：“我喝了它。”

“仙人掌”不满地把脸扭向窗外，“小皮球”尴尬地立在了床边。

晚上，“仙人掌”发了条微信：久病床前无孝子。

“小皮球”回复：倚老卖老需自律。

“仙人掌”又回了一句：有则改之，无则加勉。

“小皮球”回复：虚心使人进步，晚安。

“小皮球”推着“仙人掌”去CT室做检查，把“仙人掌”包裹得严严实实，口罩就戴了三个，光露出两个有神的大眼睛，“仙人掌”说：“你要捂死我啊？”

“小皮球”说：“外面风太大。”

到了CT室，“仙人掌”紧紧攥住“小皮球”的衣袖。

“小皮球”看出了“仙人掌”的恐惧，对医生说：“我能不能陪她进去？”

医生说："你不怕辐射？"

"小皮球"说："我不怕。"

医生说："她不能自理吗？"

"小皮球"说："对，她脑残。"

"仙人掌"轻轻地拧了"小皮球"一把。

"小皮球""哎哟"大叫一声。

"仙人掌"说："至于吗？"

"小皮球"说："至于，不信我拧你一下试试。"

"小皮球"被医生推出了检查室的大门，"仙人掌"躺在检查室还听到了"小皮球"对着门缝喊："老妈不怕，我就在您身边。"

"仙人掌"心里涌起阵阵感动。

接下来，让我们看看"仙人掌"写的"病中乐趣"日记和"小皮球"的评论。

"仙人掌"病中乐趣——一路向南疯玩一圈，可能是南方的天太蓝，可能是北京的水太咸，嗓子极不舒服，生扛。

什么冰糖梨水、百合蜂蜜、蒸脐橙、煮枇杷，全试过全无效。昨天跑到医院挂号、排队、取药，3 小时 40 分钟，有停车费佐证，看医生不足一分钟，一分钟开了三种药各三盒，消炎止咳化痰。

回家收到快递 12 本书，与药共享。

"小皮球"评论：不作不病，死不可怕，打针最可怕。

“仙人掌”病中乐趣——早睡，忽闻半夜鸡叫，“咕噜咕噜”——老母鸡在找宝宝，“唧唧唧唧”——小宝宝在觅食。

这是怎么了，怎么我的嗓子也会模仿秀？那咱就模仿李玉刚的《嫂子》——换个睡姿，捏着鼻子，嘿，“嘶……嘶……”高音飙上去，憋醒了。好个周扒皮，不让咱睡觉咱就起，吃药去，看书去。

“小皮球”评论：都这样了，还学周扒皮，您想不想让我睡觉？您就是一个典型的周扒皮，明天早晨送您去医院。

“仙人掌”病中乐趣——怕打针，咱吃中药，吃中药不用水杯用酒盅，这就是文艺青年范儿。

有人说，离神经病不远了。还说，你要是敢把这照片发出去，她就敢不上班照顾咱三天。算算哈，一个小时工一小时 20 元，一天八小时就是 160 元，值得，发，“嗖”，发了。

“小皮球”评论：小算计，算计吧，算计来算计去，离神经病真的不远了。

“仙人掌”病中乐趣——嗓子剧痛，输液？喝粥？没得选。

端着一日三餐都是它的白米粥，用小勺搅啊搅，搅着搅着，奇迹出现了，红彤彤的龙虾段，黄澄澄的咸鱼片，绿茵茵的香菜叶，金灿灿的咸鸭蛋……

喝了，里面什么都没有。感谢你啊，卖火柴的小女孩。

“小皮球”评论：您就作吧，您就作吧，作半天也没人给您送碗粥，还说我送的粥不好喝，好喝不好喝，您也得凑合喝。

“仙人掌”病中乐趣——这些年除了吃点健胃消食片，就没吃过这么多西药，特别是没一个中国字的洋药片。没有糖衣包裹入口即化，化得那叫一个快，那叫一个苦。

什么良药苦口利于病，什么忠言逆耳利于行，改改不行吗？苦药包点糖衣，忠言加点软语，那生活该有多美好。

“小皮球”评论：知道良药苦口利于病，可是您呢，对我有一句甜话吗？哪怕有一点点甜，我也不至于这么讨厌您，行了，明天再给您送一瓶蜂蜜，好好甜甜您的嘴，对我说点好听的吧。

“仙人掌”病中乐趣——闲翻手机相册，邪了，跳出来的全是美味佳肴照片，知道咱嗓子疼不敢吃东西，还馋人，没劲。

找点风景片吧，嘿，这一树橘子也太牛了，结那么多，嘿，这一棵树结那么多香蕉，吃货心里、眼里，全是吃。

“小皮球”评论：有这么馋的吗？吃货，小吃货告诉您，朝阳门新开一家特地道的川味餐厅，去不去？快好，好了我带您去。

“仙人掌”病中乐趣——“肺炎重了，摘下口罩看看嗓子，气色不错，精神也不错，输液停几天，吃药吧。”这大夫真好。

谢谢，谢谢。谢医生、谢淡妆、谢口红，只要你能在病中还记得涂口红，就没多大事。

闺蜜说，都肺炎了还有心思化妆，真有病，病得不轻。

“小皮球”评论：对，真的是病得不轻，老来俏。我放您卧室那管没开封的口红，是不是您又偷着用了？

“仙人掌”病中乐趣——亲，我病了。

回复：别逗了，刚才您还在微博上挂着呢。

真的病了。

行了吧，不就让您给我写一篇年终总结吗？至于装病吗？

不是的，是真病了。

病了也不行，5000 字以内的年终总结，周五必须交。

不行啊，我真病了。

是啊，您真是有病，磨叽这工夫写好几百字了。

严肃点，我都肺炎了。

“小皮球”评论：跟谁都叫亲，谁是您亲啊，也就是我，知道吗？

“仙人掌”病中乐趣——咳嗽妹说爱你没商量，死缠烂打腻歪你。扎针、灌药，人家都不怕，就是跟你不离不弃。白天还有点内敛，晚上那就是疯狂至极。害得咱只能是夜里读书学习。

想起小时候看见的帖子：天皇皇地皇皇，我家有个夜哭郎，过路行人念三遍……忘了最后这句是什么，反正是要治理咳嗽妹。治理。治理。

“小皮球”评论：看看说什么来着，天天说小时候带我老公怎么怎么难，这时我陪着您也这样吧，天天咳得我睡不着觉，妈呀，快好吧，您再不好我都快疯了。我告诉您最后两句是什么，天荒荒地荒荒，我家有个夜哭郎。

“仙人掌”病中乐趣——昨夜无眠，咳嗽妹频频侵袭。

牛黄蛇胆川贝液猛灌，咳嗽妹化身蚂蝗，蛰伏在后背，一口一口吞噬着咱的脊梁，疼，剧痛！不能躺着，只能坐着、站着，瞌睡虫怕了咳嗽妹，溜了。

疼，忍着。

“小皮球”评论：妈呀，您这可是怎么了，怎么能这么疼，您最怕疼了，别忍着，别忍着，我马上就过去，咱们住院去、住院去。

“仙人掌”病中乐趣——昨夜星辰，数呀，数呀，怎么也数不到天亮。咳嗽妹捣乱、捣乱、再捣乱，就是不失败。

可能是止咳药惹恼了它，它变本加厉折磨咱，只要躺着，只要呼吸，就疼痛，后背就像有一把犀利的小刀，就像采指血那样，对，一模一样，呲一下、呲一下，只好站着数星星，想起毛主席诗词：长夜难明赤县天，一唱雄鸡天下白。

“小皮球”评论:这时候您还想着毛主席啊,毛主席走了,不管您了,只有我来了,跟我走吧。

“仙人掌”病中乐趣——剧痛扛不住了,去看专家。

“小皮球”亲自做导医,挂号、候诊、检验、查血、拍片,准确告知具体楼层,精心安排先后顺序,第一时间在自助机取出结果,最后一个赶在下班前交费取药,那份细心,那份用心,很感动人,很有说服力,女博士亲身体验助老,咱亲身感受享老,真好。

“小皮球”评论:哎哟,您还说好,我都快累瘫了,长这么大我也没跑过那么多个医院部门呀。

“仙人掌”病中乐趣——肺炎、气管、胸膜炎,三阳开泰呀。狭路相逢勇者胜,专家说了,你准赢。

“小皮球”评论:哎哟,我的妈妈呀,您可不是什么三阳开泰啊,您这是要命啊,不行,一定要住院,一定要住院。

“仙人掌”病中乐趣——得罪咳嗽妹有罪受,后背疼能忍,可揪着胃痛,太难受。

想着这辈子最亲的就是胃,吃嘛嘛香,如今让胃遭罪,不觉掉了几颗金豆,想去拿纸巾却摸着药盒,标准桃金娘油肠溶胶囊,不知何物?赶紧查阅:桃金娘是一种常绿灌木,夏天开淡红色的花,花后结圆形像石榴的紫色果实。

明白了，多好的夜校好学生。

“小皮球”评论：我说您就不能踏实点吗，翻什么资料、上什么网啊，告诉您就是苦药，别看了，赶紧休息，赶紧睡觉。

“仙人掌”病中乐趣——重庆来电：明天下午 2 点接机，不见不散。

我去不了。

干吗去不了？

我出不去。

双规了？

不是。

吃谁瓜落？

咳嗽妹。

我早就说过吧，女人是祸水。

就是，你不是女的吗？

“小皮球”评论：什么破闺蜜，净盼着你出事，你真双规了，我怎么办呢？她才双规呢，让她双规。

“仙人掌”病中乐趣——护士问：知道这凉中药怎么热吗？

知道啊，开水烫。

知道不能用微波炉热吗？

知道啊，那样就膨胀就炸了。

学生不高兴了：干吗呀，拿我们当傻子了。

没事，有病七分傻。

“小皮球”评论：哎哟，您是傻子，您要是傻子全世界就没有聪明人了，您呢，就是身上没毛，有毛比猴还精，对，我老公属猴的，您就是老猴精。

“仙人掌”病中乐趣——“握拳，抽静脉血有点疼啊。”

1 管，2 管，3 管，4 管，虽然扭着头也能数着，抽走几管咱就补几份大餐。

“别动，抽动脉血更疼啊。”

啊，这血怎么这么冲呀，头一回看见什么叫血涌。知道了吧？为什么自杀的都割手腕。

哦！

“注意啊，做皮试更疼。”

疼就疼吧，疼也不割腕。

“小皮球”评论：哎哟，抽动脉血那不是一般的疼，我看着都心疼。

“仙人掌”回复：真的吗？

“小皮球”又回复：我蒙您，蒙您是小王八，真的。

“仙人掌”病中乐趣——老话说：江山易改，禀性难移。吃货到什么时候都好吃。

今天早餐就吃了三次，开始是闺蜜送来的豆浆、豆沙饼、鸡蛋。接着明明连锅带鸡一块送来，一揭锅盖香气四溢，连喝两碗。

放下碗，司司又送来肯德基套餐，菜粥、小油条，继续吃光光。抹抹嘴问：还有人送早餐来吗？

“小皮球”评论：您天天就爱吃垃圾食品，吃吧，吃吧，吃坏了没人管您。

“仙人掌”病中乐趣——老话说：人是铁饭是钢。平常体会不深。病了才知道能吃是多么幸福。

能吃，咱不怕疼。

能吃，咱睡得着。

能吃，咱好得快。

什么汤汤水水，什么包包饺饺，吃、吃、吃，能吃就是福气。

“小皮球”评论：吃、吃、吃，一天就知道吃。吃吧，我马上给您送饺子去，鲜虾馅儿的，我把虾线剔了的。

“仙人掌”病中乐趣——几个白衣天使推着输液车走进来，其中有一个粉蝴蝶让咱眼前一亮。

“阿姨，我给您扎针行吗？”

“行，行。”

粉蝴蝶高兴地从白衣天使手中抢过橡皮筋给咱使劲一勒，然后就用力拍了一下，两下，三下，呲，一针不见血。

“阿姨，没扎好，我找找啊。”

咬着牙说：“行，慢慢找。”

扒拉扒拉找到了。粉蝴蝶飞了，咱哭了。

“小皮球”评论：什么人呢，什么粉蝴蝶啊，就一魔鬼，凭什么拿您做实验，找她去，明天我就找她去。

“仙人掌”病中乐趣——睡梦中有人叫阿姨，没睁眼就伸出胳膊，抽吧。

“不是的，阿姨，今天不抽血，昨天我抽疼您了，给您送好吃的来了。”

吃货一听见吃，立马坐起来，原来是粉蝴蝶手捧着一个金黄色的大脐橙站在床边。

亲，早安。

“小皮球”评论：谁叫您阿姨呢，想得美，想当年叫您阿姨，瞧您嘴撇的。

“仙人掌”病中乐趣——周日几个宝贝围绕身边，有端着冒热气中药杯的，有托着开了瓶盖口服液的，林林总总四五种，只有一个宝贝举的巧克力最可爱，咱一把抢过来先睹为快。可不能先吃啊，先苦后甜才是好生活。

“小皮球”评论：幸福吗，哼，知道幸福了，成天说，我谁也不用，我谁也不用，老了我自己过。过吧，过吧，干吗让我们都围您身边啊，干吗让我们都在您身边啊，口是心非，没劲。

“仙人掌”病中乐趣——清晨接到长者电话，开口就嗔怪我：你怎么能生病呢，你怎么能住医院呢？我还等着你采访我呢，我都等了 4 个月了。

我说，你一个幸福小女人……

别，别，我有不幸福的证据，必须和我谈谈心，要像和她（孤老）和她（失独）那样，手拉手面对面地说，还有拥抱。

冬季，老年人怕冷，伸出手抱抱他们吧。

"小皮球"评论：哼，您就在我面前装，装小孩，在别人面前装大人，还跟人谈心呢，您还会谈心，您不把人家谈笑才怪呢。

"仙人掌"病中乐趣——生病收到很多祝福和问候，还有快递的惊喜。顿悟，天气太冷了，大家都需要互相关心互相爱护，互相取暖过冬。特别是那些失独老年人和无子女的孤老，需要更多的关注和爱护。

"小皮球"评论：知道天冷了，天冷就别老出去嘚瑟了，您也关心关心我，告诉您，我那手套丢了，再给我买一副吧，要羊皮的、红色的。

"仙人掌"病中乐趣——东方红太阳升，病人看见太阳就像看到救星，太阳朝升夕落安睡休整，所以太阳每天都是新的。

人的身体也有自我修复能力，只要心安，这种修复能力超强，列宁同志不咳嗽了。

“小皮球”评论：哎哟，列宁还在1918呢，您快好起来吧。“天苍苍，野茫茫，风吹草低见牛羊。”我终于见着亮了。我可以踏踏实实上班了。

“仙人掌”病中乐趣——病初愈，四处遛达。看见两个护士在吃盒饭，闻着她们吃的麻辣烫特解馋，于是驻足不前。

一阵铃响，护士放下盒饭去了病房，过5分钟回来刚端起盒饭，又有铃响，就又放下出去，近一小时没有吃完一个盒饭。真挺心疼她们的。

“小皮球”评论：不能只是嘴上功夫，要有实际行动。

“仙人掌”回复：请你帮我买两箱砂糖橘送给她们。

“小皮球”说：下午陪您做检查，没空，您自己解决。

“仙人掌”说：行，我网购。

“小皮球”说：快递不准进病房。

“仙人掌”说：我自己下楼去取。

“小皮球”说:别别别,外面太凉,容易感冒,还是我去吧。

“仙人掌”回复：不谢。

“仙人掌”得病心得——想开无怨。老话说病来如山倒，多少年不感冒突然一步到位，肺炎。

怨天尤人哭天抹泪都没用，只有面对。

知天命年纪就该如孔子所言到达君子境界，阅历已经在内心建立了一个自我修正系统，面对突发事件自然就会有一种淡定的力量去思考，去左右。

人吃五谷杂粮，必然有生老病死，既来之则安之。

“小皮球”评论：哎哟，您知道您是上岁数了，真不容易，我当您还是小姑娘呢，跟我比，您敢现在穿丝袜、穿皮裙吗？

“仙人掌”得病心得——快乐无愁。病痛的确折磨人，特别是不起眼的咳嗽，专门在月黑风高夜行动，那咳嗽声就像幽灵，听着都瘆人。

家人陪着递药、送水、捶背，自己又于心不忍，索性把自己关进书房，读书、听歌、看小品，还挺有效。

特别是“病中乐趣”微博系列，自己看着都想笑，还真有人要咱整理出书呢，纯原创。

“小皮球”评论：您真快乐，还病中寻乐趣，还什么原创，都是我给您挤出来的，没有我“小皮球”，看您那“仙人掌”上哪蹦跶去。

“仙人掌”得病心得——有备无患。病情反反复复终于入院，来不及准备什么，病床紧缺，立马去占位。

好在说走就走的旅游习惯帮了大忙，旅行箱里有洗漱用品、小枕头、小床单、小饭盒、湿纸巾、化妆品、口香糖、睡衣裤、发带、丝巾、小花帽，太齐全了。于是拉着玫红色的拉杆箱不慌不忙从容走向病房。

“小皮球”评论：就是啊，您说住个院，还带个旅游箱，早知道不给您买这玫红色的，就给您买黑色的，知道吗？拉黑。

“仙人掌”得病心得——情义无价。

面对疾病，房子、车子、票子，都无用，真正能帮到你的只有真情。家人血浓于水，自不必说。

最感人的是友情，同学、同事、闺蜜、博士、编辑、老师、邻居、学生、男女老少，都是掏心掏肺的关爱，送饭没商量，探望没商量，陪护没商量，咱只能是把这份爱这份情，牢记在心底，去温暖更多更多的人。

“小皮球”评论：知道这么多人都爱您吗？爱您爱到骨子里，爱您就像老鼠爱大米。

“仙人掌”得病心得——放下无忧。

平日里闲事忙碌，什么书籍、花草、相册、书稿，都是心头好。病倒，一切都往后靠。

天天输液、抽血、打针、化验，哪里有时间去惦记身外物，只关心自己的身体了。

被推进CT检查仓就想到一个词：一了百了。

怪的是，真的放下了，倒也没什么了，照旧是早睡早起无忧无虑，病好了。

“小皮球”评论：哎哟我的妈啊，您还知道放下，躺在床上您还嘱咐我，花该浇了，鱼水该换了，记得给那几位长者打电话。哎哟，这回您要早睡早起了，我呢，天天晚睡，早上我也不起。

“仙人掌”得病心得——好吃无敌。

老话说：祛病如抽丝，人是铁饭是钢。这次生病，吃货的本性帮了大忙。

天南地北，男女老少，送来的食品千差万别，咱让宝贝见包就拆、见袋就剪，特别是那些新鲜的必须要尝尝，送来的饭吃了一顿再吃一点，就是打着点滴也要吃。

其实每吃一口饭，嗓子都会疼得钻心，那也要吃。吃得多，好得快。出院了，真灵验。

“小皮球”评论：哎哟，真会给自己找辙，吃货就是吃货，我们同事都说我是吃货，我看您才是大吃货，什么时候都吃，打点滴还吃。回家就带您去三里屯。

“仙人掌”得病心得——感恩无限。

病中看到医生焐热听诊器再放到长者胸前，看到护士忙得团团转。看到子女照顾父母日夜排班，看到保洁员 10 小时不轮班。

看到病危的老母亲对孩子的交代，看到阿尔茨海默病人的可爱与无奈。

看到亲朋好友对自己的关爱，大恩不言谢，让爱代代相传。

“小皮球”评论：哎哟，您还大恩不言谢呢，谢了这个谢那个。告诉您说，这回出院必须得好好谢谢我，百盛我不去，新东方天地给我买羊绒衫去。

看着她们婆媳的微信、微博互相的评论和回复，哎哟，真的让人哭笑不得，这对婆媳可真有意思啊。

马上关了微信，给她打电话："姐姐，我看了，你把我逗得笑喷了。"

仙人掌说："怎么样，这叫另类，知道什么叫另类了吧？告诉你，一会儿再让你看看我那另类的遗嘱吧。"

我说："别啊，遗嘱可是个严肃的事情，严肃的文本，不允许开玩笑的。"

"嗨，警察都不管，我爱用什么文本用什么，写诗也行，写散文也行，写小品也行，我唱二人转都行，只要是遗嘱就行了呗。"

我说："行，行，行，你愿意写什么就写什么。今天你遛弯了吗？你不是说这几天减肥天天遛弯儿吗？"

"遛什么啊，让'小皮球'来陪我遛弯儿她不来，不来我就不遛，我气死她。"

"哎哟，你气死谁啊，你自己天天减肥减不下去，自己生闷气吧。"

"我现在给她发一微信，让她陪我遛弯儿。"

"我的好姐姐，你看看几点了。"

"管她几点了，反正她离我近，等她来我们就夜游，夜中散步别有情趣。不说了，再见。"

电话挂了，这就是另类的"仙人掌"姐姐。

晚上，真的收到了"仙人掌"的遗嘱——

我叫“仙人掌”，是一个坚强的女兵，但是也有一个弱点，这一生我不怕死，就怕疼。所以我立下遗嘱，特别叮嘱“小皮球”——即我的亲儿媳，我的儿子不行，他做不到，我要嘱咐我的“小皮球”。“小皮球”不打你不蹦高，今天我就要告诉你几件事，你要替我做到：

第一，不管今后我是否痴呆，你要让我保持尊严，给我买最漂亮的衣服，给我化最浓的妆，而且我不做任何器官创伤性的检查，还有什么最恐怖的器官移植，这些都不做，特别是我们女人几个重要的器官，你一定要替我保护好，这个你懂得。

在我生病的时候，不要听你老公的，你那老公不行，不能听他的，让医生听你的，我这份遗嘱就是你的尚方宝剑，就是你的腰牌，你带着它打遍天下无敌手。告诉医生，“仙人掌”说了，她不做检查，她不扎针，这点你懂得，如果说让我去死，那我就死，但是让我去打针，我就要你死。

第二，我走后，不，就在我没走之前，就在最近，我就和你一起去办一个重大的手续，什么呢？把我这套四居室过户到你的名下，傻丫头，做一个女人，没有自己名下的房子，将来遇到点天灾人祸那就很惨的。你千万不要被你老公骗了，不能加上他的名字。你们现在这套房是他的名字，而我馈赠给你的这套房（无偿、无条件），就是你个人独享，不许给他。就是将来你有了孩子也不要给他们。小女人一定要有自己的一套房子，那才踏实，知道吗，傻瓜“小皮球”。

最后一点，我还有点存款，数了数，大概几十万，如果说我现在使劲花、使劲花，见什么好衣服我就买，最后可能也花不完。对了，你不是要去新东方买羊绒衫吗，我看上了那件高领棒针毛衫，给你定了，送给你，送你是对你在我住院期间没有好好照顾我的一种惩罚，非让你穿上，让你臭美嘚瑟去。

我知道你们都是白领，什么白领，就是“白骨精”，你们两个不缺钱，所以我这点钱给你以后，你就把它捐给希望工程。我听说20万就能够捐一所小学，还以捐款人的名字命名。记住，你们捐给小学以后不要什么名，人这一辈子担当身前事，不记身后名，不要想那些名利，给人家开办个小学就行了，听见没有。

然后我就没什么事了——最后一件事忘了，我郑重地向你传达我的指示，你必须无条件地执行，理解的要执行，不理解的在执行中加深理解。

我走后不要开什么追悼会，谁哭啊，你哭吗？儿媳哭婆婆，那就是猫哭耗子假慈悲，你也不用哭，不用开追悼会。但是我想如果真的知道自己快不行的时候，你给我开个告别鲜花Party，把会场布置得和花园一样，全是鲜花，你懂得我要什么花，红色的、粉色的、白色的、黄色的玫瑰花。你就破费一次，最后我给你钱。然后你把我那些老同事、老战友，你的亲朋好友，你老公的亲朋好友，就是你们的同学们吧，不都上我这儿蹭过饭吗，把他们叫来给我撑撑场子，壮壮威，我Hold，我和他们告个别，我和他们唱个歌，我快乐地走向天堂，怎么样？

别等着我死了以后你再哭，或者你再送花，我也看不见啊，还不如我活着的时候，你给我弄一场鲜花 Party。

这个告别会如果能开，你就给我开，不能开就算了。我死后，你们不要留骨灰，把骨灰装进一个漂亮的锦盒（别给我弄什么破坛子），然后带着一大捧鲜花，最好是 99 朵，如果你有孝心，要是觉得我给你留那些钱不花白不花，你就给我买 999 朵也行，带着这些花把我送到海上。现在北京有海葬，国家统一搞的，不收费还有补贴，你不用交钱，还给你 4000 元补贴呢。你和你老公抱着我的骨灰，把它撒到大海里，一边撒一边撒花，别把花留着你自己看，把花都给我撒了，我要带着鲜花到另一个天堂，那里没有雾霾，没有黑夜，只有阳光灿烂的大白天，花儿天天开，永远不凋谢，我要到那儿去，所以你必须把花给我带上。

记住了吗，“小皮球”？就这四点，重要的事情说三遍，用我再重复吗？

好，想你是个聪明人，不用我再重复了，就这么办。如果你真的这么做了，我到了天国也好好地祝福你，祝福你早日变得像我这样美丽，像我这么时尚。

此遗嘱由我的“小皮球”亲儿媳监督执行，如有违背我意愿者，由“小皮球”予以处罚。

最后写一句掏心窝子的话吧：宝贝，我爱你，我真的爱你，从你身上我看到了 20 岁的自己，宝贝，爱你，爱你一生一世，我的宝贝。

“仙人掌”亲立

看了这份遗嘱我心里真是五味杂陈，一股说不出的滋味，紧紧地抓住了我的心。人人都说，婆媳是一对天敌，可这对天敌怎么会这样和谐?

原来人心都是肉长的，只要你对她付出真心，她必然会对你用真情回报。善恶有报，因果轮回。

愿天下所有的婆婆和儿媳都能像“仙人掌”和“小皮球”这样，和睦相处，和和美美。就像这案头的仙人掌花，浑身长满了刺，可它开出的花却那样娇艳，那样美丽。祝福你，“仙人掌”，祝福你这朵艳丽的奇葩。

奇葩，最美丽。

THE LAST LETTER

最后的心愿

你要好好活下去

主人公小传

名　字：吕玉莲

性　别：女

年　龄：68 岁

职　业：退休教师

居住地：北京某养老机构

春寒料峭，北京雨夹雪，雪粒被风雨裹挟着，像尖锐的小石子，铺天盖地砸了下来。

养老院的大院空旷如野，这时，一把橙黄色的小雨伞，从大厅的门口游走出来。不用说，那是阿莲姐姐。她要去城南的疗养院看望她那已经成为植物人的丈夫。

我撑着一把花雨伞走出来，迎上去对她说："阿莲姐姐，我开车送您去吧。"

"不用，别说下这点雨了，就是下刀子，我顶着炒锅也得去。"

"那我陪您。"

一

我搀扶着阿莲姐姐一起走向胡同外的公交车站，我们坐了三站公交车，下车又走了五六分钟，进入地铁站。

她告诉我，一定要数着到第七站，然后下车去换四号线。

到了第七站我们走出车厢，绕到站台的那一边又换到了四号线，再坐十七站就到了。出了站台，没有公交车，只有黑摩的。

我说："雨天太滑，坐摩的很危险，不如我们俩慢慢走吧，我扶着您。"

阿莲姐姐说："行，我有时候坐，有时候也不坐，不是为了省钱，也是不愿意有这种不安全的因素，再发生点什么意外，就不能来看我老伴儿了。"

我说："是的。"

我搀扶着姐姐，在雨夹雪的泥泞路上，一步一步走向这家疗养院。

走进病房，她快步走到丈夫的床边，然后又向后退了一步说："不不不，我身上太凉，一身的凉气，建国你等会儿，我告诉你我来了，我先去洗洗手，暖和一会儿再过来。"

病床上，她的丈夫浑身插满了导管，用氧气、鼻息维持着生命。他曾经是一位建筑学学者，发表过很多论文，特别是近些年对老年住所的改造和养老机构的设置有一些独特的见解。

当年他思维敏捷，用流利的英语在老年国际博览会上进行演讲，我记忆犹新。可是一场突如其来的车祸让他倒下了，已经三年零两个月了。阿莲姐姐在三年零两个月当中，没有一天离开过他。总是利用中午车上人少的时候出来换三次车，路上花两个小时甚至三个小时来看他。

阿莲姐姐坚信自己的爱能够感动天地，能够挽救丈夫的生命，因为丈夫是她今生唯一的伴儿，没了父母，没有孩子，只有老伴儿。

在战争年代，他们俩曾经在一个部队出生入死，后来丈夫被保送到清华大学，学了建筑学，而她则学了新闻学。战争年代的枪伤使他们失去了做父母的权利，但他们两个人还是和和睦睦地生活着。

退休以后，他们做了社区志愿者，后来又一起进到养老院，在养老院做志愿者。她丈夫教大家画画，他的工笔画很有功力。她则教老人们学习英语，学习弹琴，她弹钢琴非常娴熟和动听。

阿莲姐姐洗干净手过来了，她站在丈夫面前说：“看看我今天漂亮不漂亮？”

我知道阿莲姐姐每次去见老伴儿之前，都会精心地梳洗打扮一番。她说哭也是一天，笑也是一天，哭坏了身体，老伴儿见不到我会更着急，我要开心地为他而活着，他活着我就有奔头。所以她每天都化淡淡的妆，真的很漂亮。

然后阿莲姐姐说：“薛老师，你看看，你看看，谁说植物人没有感情，没有感觉。你看着啊。”

她亲吻了一下老伴儿的额头，老伴儿就立刻眨了眨眼睛，那意思就是说：你好，我知道你来了。

阿莲姐姐说：“你看着，我再告诉他，老伴儿，我和薛老师来看你了，你眨眨眼睛，表示对客人的欢迎。”她老伴儿又眨了眨眼睛。

我走上前，轻声说道：“您好，大哥，您给了阿莲姐姐那么多的幸福，您快快好起来吧，只要您好起来，阿莲姐姐就会特别地开心。”

大哥这次没有眨眼睛，只是眼角慢慢聚集了一颗眼泪，这颗泪珠晶莹地在那里挂着，他没有力气让它流下来。但是他心底一定明白，估计他是不能陪阿莲姐姐走到人生的尽头了。所以这颗眼泪就一直挂在那里。

我的眼泪夺眶而出，但是我又不能让阿莲姐姐看到，就扭过身，走出了房门，身后传来阿莲姐姐爽朗的笑声：“看看你，老伴儿，哪来那么多伤感啊？这么坏的天我们都过来了，还有什么。嘿，今天开始我们的功课，我们游览到哪了？对，我们游览到河南了。”

当年阿莲姐姐和丈夫退休以后，就有一个设想，那就是到世界各地去旅游观光。虽然年轻时也利用出差的机会去过一些地方，但远不如两个人自由自在，他们在爱琴海拍的照片很浪漫，在瑞士联合国大楼前弹钢琴拍的照片还被刊登在国外的一张报纸上，那银发红妆，是那样夺目，那样耀眼。

讲述旅游景点就是他们每天的功课，这三年零两个月，天天如此。每天拿出和老伴儿旅游时拍的照片讲给老伴儿听，一定要讲满三个小时，然后才离开。

当阿莲姐姐要离开的时候，她就会拉住老伴儿的手，先亲吻他的手，然后再亲吻他的脸颊，最后再亲吻他的额头，这个程序这些年从来不变。只要先亲吻他的手，再亲吻他的脸颊，最后亲吻他的额头，老伴儿就知道她这是要回去了，要回养老院了。当年他们是这样约定的，在他还有神志的时候就约定好的。

尽管她老伴儿有那么多的不舍，但他心里明明白白，几十里路程，七十五岁高龄要倒三次车，站在拥挤的车厢里，他最挚爱的她，该遭受多大的辛劳啊。

如果回去晚了，就会错过饭点，饭菜就凉了，她就要拿到微波炉去热，热完以后再吃，那对她的胃不好。

如果回去晚了，天就要黑了。

如果回去晚了，天就会起风。

如果回去晚了，就会更加寒冷。

如果回去晚了，也许就会生病。

不行不行，我必须让她赶快走。

阿莲姐姐坚信老伴儿就是这样想的，所以每天当她亲吻了老伴儿的脸颊之后，老伴儿就不再有任何的反应。任她说什么就是不眨眼睛，意思就是让她赶快回去，赶快回去吃晚饭。老伴儿知道她吃完饭后会弹一会儿钢琴，其中就有他最爱听的《牧羊曲》。

二

过了十几天我听到一个消息，阿莲姐姐的建国大哥去世了。

我急匆匆地赶到阿莲姐姐的卧房，还没有推开门，就听到里面传来悠扬的琴声，还是那首她老伴儿最爱听的《牧羊曲》。

这首《牧羊曲》是他们当年一起看电影《少林寺》时学

会的，令他们记忆深刻。从那以后，只要有空，她就为老伴儿弹奏，那漂亮的牧羊姑娘，那悠扬的歌声，那神奇的少林功夫，曾经让他们俩紧紧地把手扣在一起。他们相约一定要好好锻炼身体，一定要好好活着。

如今丈夫走了，阿莲姐姐痛苦了好几天，可是她没有在外人面前哭泣过一声。这些年他们没有子女，一直是两个人相依为命。如今她的另一半走了，走得那样安详，那样寂静。她没有向单位提任何额外要求，只是在大家的陪伴下，抱着丈夫的骨灰盒，走向了海边。丈夫的遗愿是将骨灰撒向大海。

那次海葬活动，许多和她一样的人，抱着自己亲人的骨灰，大多带的是一束束的马蹄莲、白菊花，最艳的也就是黄菊花。

阿莲姐姐却带了一大捧五颜六色的风信子。风信子非常艳丽，花朵非常稠密，宛如密密匝匝的小星星。她的意思是让这些小星星陪伴着丈夫，在大海里遨游，游向世界各地，游向五湖四海。

丈夫的心气很高，志向很远，他说要设计一座最适合老年人居住的公寓，这座公寓名字就叫小星星。因为有人说天上的星星和地上的每个人都是相对应的，每失去一个亲人，天上就落下一颗星星，等到天上的星星都落到人间，那么人就托生，再次变作强壮的小伙和柔美的女子。他们再结合，他们再相爱，也就是来生再聚首。

这个类似童话的美好故事，是他们坐邮轮游览的时候，听丈夫讲的，所以她就记住了风信子，丈夫非常喜爱这种小星星的花。于是她抱了一束五颜六色的风信子，站在甲板上，轻轻地打开骨灰盒的盒盖，捧起一把骨灰——那是丈夫的魂魄——捧在手心里，然后说："你放心地去吧，不久的将来，我会到那边去找你，但是现在不行。因为我还有事要做，这期老年大学英语班还没有结束，我要把他们一直教到毕业。还有我是楼长，我们楼里还有三十二位姐妹，等着我来带她们做课间操，带她们做手指操。所以我现在不能陪你去，你先行一步。到了那边，像过去我们到景点一样，提前订好房子，那样我们还会在一起，给我一个惊喜，给我一个非常舒适温馨的房子，好不好？"

涛声依旧，大海瞬间显得那样平静，我站在姐姐身后，双手揽着阿莲姐姐肩头，只听阿莲姐姐又接着说："执子之手，与子偕老。这是我们年轻时的承诺，可是现在你走了，你先走了，就像那红色的流星坠落，真的就像那天上的星星坠落了，你就是我的流星，你走了，流走了，我该怎么过。请你原谅我无法兑现对你的承诺，我没有与你一起走，因为我还有很多事情要做。"

说到这里，阿莲姐姐的泪在流淌，我紧紧地把她揽在怀里。她伏在我的肩头没有哭出声。不久，她接着说："生死的距离太遥远了，你我的别离太久长，是你不遵守与我之间的誓约，你先离我而去，我的星星再也无法亮起，你真的不该早早地先我而离去啊。"

一声声心底的倾诉，一声声心底的呼唤感动了大家，除了唏嘘声没有别的声响。这时一群白色的海鸥在甲板旁边自由地飞翔，发出呜呜的叫声，好像是为他们这对相亲相爱的夫妇奏响的礼歌，为她的建国大哥送行。她默默地捧起丈夫的骨灰，连同着风信子一把一把撒向了海面。瞬间风信子漂浮在海面上，五彩斑斓。

恰巧一抹夕阳从海面上跃出，阳光把这海面照射得如此绚丽多彩，赤橙黄绿青蓝紫，就像那满山盛开的风信子。在令人炫目的光影中，仿佛能看到那远去的丈夫在向她频频招手，而她也这样频频地向他招手。

最后，阿莲姐姐毅然一扭头说："走吧，我们回去吧。"

我拥着阿莲姐姐回到了养老院，这一天她不让我们陪着，把我们轻轻地推出房门又轻轻地关上，不久灯光就熄灭了。大家有些不放心，院领导嘱咐护士站的小护士，今天晚上要格外关注她，要在她门外看守。小护士说："放心吧，我今晚就搬把椅子坐在奶奶的房门口。"

我说："不用。我知道阿莲姐姐是坚强的，她一定会没事的，放心吧。"

三

再次推开阿莲姐姐的房门，站在眼前的她明显有点憔悴，眼睛有若隐若现的红丝。她肯定是哭泣了好几天，可她脸上依然带着微笑，而且手里还举着一束花——一束风信子，她说："我要献给你，谢谢你这些天和我在一起。"

我说："没什么，应该的。"

她接着说："请你来，是给你看看我丈夫留给我的一封信和这五本书，你帮我看看好吗？"

我轻轻地展开信纸，只见上面这样写着——

我最挚爱的阿莲，我知道你现在正在哭泣，哭吧，男人哭都不是罪，何况女人呢，女人本身就是水做的。

把你的悲伤哭泄出来，你就会好受一点。是啊，离开了你，我真的没有实现对你的诺言，早早地离你而去，这将给你带来的悲伤我感同身受，是一样的。

以前，在你走出病房的瞬间，我的脑子里满满都是你的影子，我的眼中也会充满泪水，只不过不想让你看见。其实在人的一生中会有很多很多种离别。

记得当年我们上山下乡，洪流中曾经亲眼看到我们的战友，就像当年的先进人物金训华一样，瞬间被山洪冲走。在特殊时期，我家里面那一书房的图书，都被扫荡一空。你的家，那些精心设计制作的珠宝不是全部都没有了吗？从小我们一起长大，我们都曾尝到一些失去的滋味。

当年我们的同学，活生生的同学，也是瞬间被洪水冲走的，还有我们的四位老人，不也都是在我们眼皮底下离去的吗？所谓的母女、父女、夫妻，这一场场亲情的拥抱，其实到最后都会离去，都是活着的人目送着远离的人。这是每个人都要经历的，我们要学会接受一些无法避免的事情，世上没有理所当然的事情，更没有相伴终身的爱人。

对生活不要强求，要坦然接受一些失去，这样承受失去的韧力就会强很多。如果这韧力很强，就会减少一些悲伤。生死教育是由小到大的生命教育，可惜我们往往都忽略了这一点。好在我们没有孩子，我们用不着去操这份心，但是我只担心你，我的宝贝，你在为我办完丧事之后，是不是能很快从悲伤中走出来，这是我最最关心的。

记得我曾经把你当作小姑娘一样宠着爱着，我也曾经让你尝试着失去，记得吗？我曾经把你最喜欢的一本书藏了起来。

当你急匆匆地翻找时，看你那焦急的样子我不忍心，就把它找出来交给了你。对某些东西越是不忍心，在真正失去的时候就越会悲伤。

其实我们一起在国外旅游的时候，就读过著名诗人王燕生的诗句：上帝，你要把最后的眠床，铺设得舒适一些，让每一个有尊严的人，像赴盛宴一般，怀着愉悦的心情，去见从未谋面的死亡。

我们也一起坐在山坡上看日出日落，看花开花落，我们要珍惜花开的那一刻，也不要惋惜花落的那一时。优雅无恐地看待死亡，看待我的离去，就不枉你白白被我疼了这些年。

最后我送你五本书，还有我的一个设计图稿。那些年，我们一直在忙着帮养老机构设计适合长者居住的环境，包括房间的颜色、外型、花园设置。但我忘却了一点，确切地说不是忘却，而是我一直记挂在心里不想说出来，因为我怕大家不愿意接受，其实是想等到我走了以后再由你拿出来，转给相关部门。这是一篇完整的论文，希望能够引起我们同行的注意。

有位医学院解剖大师，每每带着学生上遗体解剖课的时候，都会率领大家对遗体深深地鞠躬，默哀三分钟。而他留下的遗嘱竟是“我要用我的身体，为你们上最后一堂解剖课”，这个感人的大师是我崇尚的榜样。

因此，我要把我的设计，作为最后为人间服务的一份感恩和回报。我想在养老机构的后花园建立一座专门治疗悲伤的花园，鼓励悲伤者学习自我照顾，或向他人求救，以开放心灵空间，在尝试改变中找到平衡，释怀自己的悲伤，这样才能够迈向天人合一的心灵状态。

在后花园的入口处，一个美丽的少女塑像矗立在那里，从她眼中滴出的晶莹的泪珠，以及心形的湖塘、曲折的水道，象征那悲伤的路程宛如流水，人人都有悲伤的权利，不要抑制人们这种哭的权利。人们可以在任何空间、任何时间，自由自主地处理失落或者悲伤的情绪，不要压抑痛苦，不要强忍泪水。

泪水从美丽少女的眼中一滴一滴地落下，经过过滤，经过沉淀，经过洗涤，最后渐渐流入这个心形的池塘中。亲人的滴滴热泪滴入池中，最终化为一池平静的湖水，这湖面上飘荡着朵朵红莲——不要白莲，要红莲。

人家说女人的奶水在阳光的照射下，会露出斑斑的血渍，而在亲人眼中，悼念亲人的泪水流到最后也是鲜血。它会浇灌出非常红的红莲，对，一定要种红莲。失去亲人的长者们，在这寂静的湖边空间诉说怀念之情。就像我们每次去陵园为咱们的爸爸妈妈扫墓，你总是要跪在你妈妈墓前，轻轻诉说一样。

这样的空间一定要很静很静，没有任何的打扰，没有背景音乐，没有任何的声响，只有那潺潺的流水声，和那红莲下面游弋的锦鲤搅动的浪花声。这潺潺的流水和那游弋的锦鲤在红莲的衬托下显得那样生机勃勃，给人一种生命的灵动。你说过每一次同你妈妈跪着诉说之后，心情就会豁然开朗，就会忘记很多痛苦，就会感到非常释怀，是的，是这样的效果。

这个心形的湖面流出的水，直接又流向下一个花园，这个花园种植了许许多多的不知名的花花草草。这里一定是个生机盎然的开放空间，里面种满了美丽的花草，任由逝者的亲人来这里种植。

要预备一个非常大的彩色的种子盒，还要培育一些小小的花苗，任由人们播种。不要规划，不要设计，凭着你的想象，比如说你总说我是一个风信子，因为我总爱给你带来好消息，总会给你带来惊喜。在我们的爱情生活中，我是你的护花使者，也是你的风中使者。当你开心时，我会跟你在一起；当你悲伤时，我也会和你在一起，所以你称我为风信子，那么你就为我种一些风信子吧。而我最喜欢白色的玫瑰花，也要为我的爸妈种一些白色的玫瑰花，还可以种一些月季、蔷薇、满天星、勿忘我。这些花草一定要让悲伤者感到惊奇、惊喜，让悲伤的心灵得到自然和人文的滋养。

自然就是花花草草的生命感悟，人文滋养就是志愿者对它们的深情拥抱。在这里，逝者的亲人可以和像薛老师那样的义工拥抱在一起，你也是义工，也是志愿者，你也可以拥抱他们。你也和他们在这里一起种花，看着自己亲手种植的鲜花在自己的眼泪滋润下化成了片片花朵，就像逝去的亲人的笑脸在眼前，那是一种向上的力量。这样的花园和这样的设计，就会使悲伤者的心灵达到一个崭新的境界。

悲伤者释放压抑的情绪，内心深处获得祥和的希望，心就会慢慢静下来。在离开这个心形的花池来到一个五彩缤纷的大花坛的时候，就会默默许下心愿，而这里应有一幕水墙在不停地流动，日夜不停地流动。这个水幕墙，是人们许下心愿和祝福的地方，告诉自己逝去的亲人，我要开启人生新旅程，我祝你安息，你祝我继续，虽然这个旅程没有了你的陪伴，我也一定会向前走去，继续走去，一路上也许会遇到另一个你。

我亲爱的阿莲，记住我的话，把我未完成的论文继续修订完毕，将这个草图和论文一并交给相关部门，亲吻你，我亲爱的阿莲。

我断断续续抽泣着读完这封信，屋内屋外早已是一片唏嘘声，阿莲姐姐却没有哭出声，她已经看了许多遍，早已哭干了泪泉，倒是把我揽在怀里安慰着我。

我们又一起打开那几本书,第一本书是《一个人的朝圣》,英国蕾秋・乔伊斯著。

讲的是一个孤独的长者过着孤寂的生活，突然有一天收到一个早就失联的朋友的信，说是患了绝症，希望能在临走前见见他。他立即写了回信，然后就一个人告别了妻子，迈向了去寻找他的旅程。他从英国最南端走到了最北端，横跨南北，八十七天，六百二十七英里，只凭着一个信念：只要他向前走，他的老朋友，他唯一的老朋友就会活下去。这个千里跋涉寻友的故事，从他迈开脚的一刹那起，与他六百多英里旅程并行的，是他穿越时光隧道的一场旅行，也就是心灵的旅程。

最后他和他的妻子都醒悟了,感悟了人生最简单的哲理，那就是人这一生需要朋友，人这一生需要爱情，但这些都会随着时光的流逝而失去，留下的唯有那心头的牵挂和好好活着的信念。好好活着。

第二本书是日本作家曾野绫子的《我想这样年老！》，这本书在日本、韩国、台湾很畅销，为什么？因为它是充满哲理的一本书。书里写道：当我们年轻时，总觉得离衰老十分遥远，常常虚度光阴。当我们人到中年时，又整日忙于生计和事业，往往忘记自己即将老去，毫无准备。而当我们步入老年之门时，却又无所适从，无可奈何。是的，老是需要我们去体验的，体验之后，我们才能去感知。而当有一天这个老字，不光是身体的衰老，肉体最终也会离去，那我们应该怎么面对呢？这本书谈了生老病死的很多问题，使我们懂得如何面对失去亲人的痛苦，如何感恩现在活着的日子，非常适合阿莲姐姐现在阅读。

为了安慰他人，我们应该做些什么？如何坦然接受年老，接受挚爱的亲人离去？自己也面临着离去，如何优雅地无所畏惧地走向前，迎着死亡走过去？这都是我们应该共同回答的问题。如果真的是无所畏惧，不念过去，不畏将来，这样向着年老走去，那将会是多么矫健的步伐呀。

阿莲姐姐就像一个虔诚的小学生，就这样听我讲着说着。门外聚集了好几个小护士和护工。我想，作为教师我可能喜欢在三尺讲台上为学生解疑答惑，传授知识，可是在人生舞台上，我只是一个初学者，面对年长的哥哥、姐姐，面对他们失去亲人的痛苦泪水，我也无所适从。但是阿莲姐姐的那位建国哥却为我们留下了答案，人生最美好的答案。

第三本书是《优雅地老去》，日本的渡边淳一写的。莲姐姐抢着说："渡边淳一我很熟，当年我和建国哥一起看他的书时，他的文字给了我们非常大的震撼。正是因为他那本《失乐园》，我们才感觉到爱情有多么美好。我们两个人尽管不能生育子女，但我们的夫妻生活还是很和谐的，这真的要感谢渡边淳一的《失乐园》，是他告诉我们人间有非常美好的事情，其中夫妻生活就是一项。所以我们两个恩恩爱爱，直到我们最老的那一天，我们都没有忘却肌肤相亲，我们一直是相拥而眠的。”

说到这儿莲姐姐又伤心地掉下了眼泪，我说："姐姐您看一下，建国哥为您留下的这本书叫作《优雅地老去》。为什么要优雅地老去，您很漂亮，很有气质，也很有爱心，是这儿的楼长，又是这里的志愿者，教大家学英语。可是您知道怎样去老吗？不只是衣着上的美丽，心态也要优雅。最主要的一点，我体会到的‘优雅地老去’，就是要把养老变作享老。”

阿莲姐姐竟然拍起了手说："你说得真对，享老，享受老年。而且我还加一条，我要，我要……”

我知道她要说什么。

她说："我这个孤老也要享老，享受这孤独的空间，享受这孤寂的思念。”

话说出来了，可心里却在流泪，我被这“孤老”二字深深扎痛了心。我答应莲姐姐以后不管刮风还是下雨，随时都可以给我打电话。因为她说过，每当外面刮着呼啸北风时，或者打雷下雨时，她就会紧紧依偎在丈夫的身边，可他走了。所以我要担当起这个爱的风信子，风信使者。只要她需要，只要她叫我，我就来陪她。或者我想到她，就会给她电话，给她双肩，给她温暖。阿莲姐姐又哭了起来。

我拿起另外一本，《人生》，上面有个“4”的标记，是法国作家莫泊桑的名著。书中最后的几页折了角，我念道：

“一天早晨她上阁楼找点东西，随手打开一只木箱，发现里面装满了旧日历。看来这是按照乡下人的习惯把逐年用过的日历保存下来了。她仿佛找回了自己过去的岁月，面对这一大摞方形的木纸板，她不禁感慨万千，有一种说不出来的滋味。”

刚刚念到这里，阿莲姐姐就快速地转身，从柜橱里也拿出了一个锦盒，打开一看，里面也是一摞一摞的日记本。

阿莲姐姐说：“我有记日记的习惯，记了几十年，建国哥知道我有这个习惯，他一定想让我通过日记，把自己从前的美好时光，一天不落地找回来。这个念头真的让我现在感到心潮澎湃，我一定要把这些日记好好地读一遍。从我们俩在北海相识，在教堂结婚，从我们俩一起度蜜月，一起出国旅游，我们的工作，我们的搬家，从开始和父母挤在一个屋檐下，然后单位给我们分了一间筒子楼，再后来我们自己攒钱买房，最后又卖掉了房子，一起来到了养老院。这些日子，就像流去的日历一样，在我的心上转了一圈又一圈。就好像耶稣受难的画面，从这一刻起刻在了我的心里。为了那些逝去的日子，我要好好地把这本书读完，再把我的日记读完。”

这时候我看到了莲姐姐的床头和窗台，摆满了鲜花，而且是白色的玫瑰花，我突然想起那是她的建国哥最喜欢的颜色和花卉。

我对莲姐姐说：“纯白色很纯净，那是新娘的装束，但是您应该再点缀几朵，不妨再点缀几朵红玫瑰，那会是怎样的呢？”

她说：“是呀，我也那么想的。你看我把红玫瑰藏洗手间了，我怕有人看见说，刚刚死了丈夫的女人，竟然家里还点缀了红玫瑰。”

我说：“您多虑了，其实大家都希望您快乐起来。因为逝去的亲人不会再回来。但他们会在天上看着您，只要您开心，他就快乐。来，把那些红玫瑰拿出来吧。”

阿莲姐姐步履矫健地走向洗手间，拿出了几枝红玫瑰，然后我们把它插在了床头，插在了她的钢琴上面。

这时，在外面一直看着我们，听我们读书的几个年轻的小护士，竟然“噼里啪啦”鼓起了掌。阿莲姐姐也微笑着说：“进来吧，大家，谢谢你们，你们对我的爱，我全感受到了。”

我接着说：“那我们看看，建国哥为您留下的第五本书叫什么名字。”

阿莲姐姐说：“是《活着》，余华的作品。”

我知道，余华是一个年轻的作家，是很接地气的作家，他对人生的感悟，比刚才提到的外国作家巴尔扎克、莫泊桑更接近中国人的心灵。他说了：人是为活着本身而活着，而不是为了活着之外的任何事物而活着。在这句话上，建国哥标注了重重的红色。

仔细想想确实是这样，活着就是为了活着，不要为其他事物所累，因为我们来是赤裸裸地来，带着哭声来到这个世界，赤裸裸地从妈妈的身体中掉落下来，在人世间，我们学会了啼哭，学会了穿衣，学会了吃饭，学会了生活，接着我们又学会了面对生老病死，这一系列的过程就称为人生。

人生真的不像我们想象的那么好，但也不是想象的那么坏，所以我们活着的人，只有一个念头，只有一个信念，就像天地间只有一个太阳一样，那就是“好好活着”。

THE LAST LETTER

特殊情人

自律与任性

主人公小传
名　字：苏菩提
性　别：女
年　龄：61岁
职　业：退休教师
居住地：南方某养老机构

一棵硕大的菩提树矗立在庭院当中，那巨大的树干两个人合抱都合不拢，花匠们为它砌上了半米高的圆形石墙护着它，以防止它的根部裸露，好让它更好地吸收雨水。在围栏上面，细心的花匠又铺上了厚厚的木板，为的是让老人们坐在这下面乘凉时不至于受那砖的冷。他们用尽了心思为老人们创造一个好环境。

这天，一缕阳光透过稠密的菩提树叶，从缝隙洒下来，照在一名在树下拉小提琴的女子身上。她的穿着非常简朴，一袭白裙，亚麻布质，头顶随意绾着发卷，显得那么潇洒。脚上穿着露指凉鞋，也是那么随意，却透着一股不俗的气息。很多老年人都围坐在菩提树下听她拉琴。她演奏的是《梁祝》，悠扬柔美的琴声声声入耳，催人泪下，有人抹起了眼泪，有人甚至唏嘘不止。而拉琴女子却是半闭着眼睛，忘情地投入在乐曲当中。

看她那神态，仿佛已经与这支曲子融为一体，仿佛她已成为追逐着爱情的彩蝶，在这菩提树下翩翩起舞。我的心为之陶醉，待她的琴声戛然而止，我却没有鼓掌，因为我的心也随着琴声，随着她的手势进入了她曾经对我描述的那个场景。

来到这家养老院已经几天了，大家都对我说：这里有一个古怪的人，人不是很美，但琴拉得很美，穿得不是很时尚，却有那么一股别致劲儿。她的房间有一个特别神秘的柜子，是院里统一标配的大衣柜，可她终年上锁，而她的衣服却都随意地放在地面的塑料箱里。

院里检查卫生时曾经对她说过，你可以把衣服放在大衣柜内，她说："不，不用，放在这里，找着方便。"可是衣柜上的锁却永远那样紧锁着。锁住了她心头的什么呢？是思念？是牵挂？大家都不得而知，只知道那里锁着不想让人去打开的秘密。

几天以来，我经常和她一起听歌，一起吃饭，一起散步。终于有一天，她对我说："我知道你是来采访的义工，我确实有话想对你说，但是我还没想好从哪儿说起。我想告诉你两个字，听了之后你就应该知道我的前世今生是怎么回事了。有了这两个字，你就可以想到我为什么是现在的状态。

"我看似冷漠，我知道，那些小护工甚至管我叫'冷酷的心'，我不怕，我不冷，我的心热着呢，但是我的心之所以这样，是因为我的爱太炙热了，已经把它燃烧成了炭。

“我们北方人对木炭没有太多的了解，只有到了南方才知道木炭对每家每户的重要性。冬天他们会捡些木头放在一个火盆中去烧，当木头燃烧到了极点，也就是生出腾腾火苗时，屋里就有了一些暖意，但火苗持续的时间不长，只有待这旺盛的火苗渐渐地淡去，那粗大的木头烧成了炭，而它泛着若明若暗的红光时，屋里的温度才会上来，那才是真正的暖。”

我点了点头，说：“好，我答应你，把你的故事雪藏，冷冻。”

她说：“不不不，我不是这个意思，我既然已经在这个世上坦坦荡荡地活了这一辈子，我的故事可以说出来，没问题，说出来不怕，但是要有一个时间表，待我走了以后再把它说出来。”

我说：“理解，理解。”

她说：“我今天告诉你个题目，我的故事中心思想和题目就叫作‘情人’。”

我没有吃惊，只是淡淡地点了点头，微笑着说：“好，我期待你的故事。”

一

这天黄昏，一阵雷声打破了院内的寂静，长者们纷纷回到自己的房间去躲避这瓢泼大雨，只有她打着一把小雨伞，是那种南方特有的油纸伞，在庭院的走廊里散步。虽然走廊很宽，但架不住狂风骤雨，倾斜的雨点时不时会打在她的身上，所以她在庭廊中也撑着伞。我陡然想起戴望舒的那首《雨巷》，一个忧伤的姑娘撑着一把油纸伞……

她看到我，笑了笑说："这样的天气，这样的氛围最适合聊天了。"

我说："不对呀，你一个南方女子怎么也会说聊天？"

她说："我不是上海人，我是地道的北京姑娘，前门大碗茶是咱们的最爱。"

"原来咱是老乡啊，那我就听你讲讲北京姑娘的故事。"

我们俩在旁边的一条长椅上坐下来，眼睛谁也不看谁，都投向庭廊外的菩提树，那棵菩提树硕大树冠上的树叶被吹得哗哗直响，只听那雨点噼噼啪啪地打在菩提叶上。真担心它会被敲碎，不像那被敲打的木鱼，木鱼被人们敲了千年万年，还是那样悠扬地回响。木鱼声声，里面可是藏着无数故事。

她向我娓娓道来——

我告诉了你题目，现在我再告诉你时代背景。我是北京人，我叫苏菩提，土生土长的北京人，我的父母都是教师，我们一家四口，我还有个哥哥，居住在北京城离故宫不远的一条胡同的四合院里，我们院有三户人家。

白家姥姥和她的外孙女白小丽居住在北屋。由于她的女儿和女婿都在支援三线的工厂中因公牺牲了，所以政府把她们安排到这里，居住在这个院最好的上房里，即北房。虽然三间北房显得空荡荡的，但有我们这些人，一点都不觉得寂寞，我几乎就长在白家姥姥家里头，甚至和她睡在一起。

我和我爸爸、妈妈、哥哥，居住在西房。东房是梁家大爷大妈，还有梁大哥和梁小妹，他们也是一家四口。

我们这个院的南屋是小门房，以前有个看门的大爷，后来去世了，再也没有人居住，那里就成了我们这几个孩子藏猫猫的地方。我们在那里藏了一些捡来的大人不让拿进屋的玩意儿，比如说树杈，比如说三角，比如说梧桐树叶的梗，我们把它埋在那儿，然后等到冬天用它玩勾杠。

反正大人们说那儿成了破烂小屋，其实他们不知道，这里面都是我们的"宝藏"，还有我们想看的小人书，反正都是我们的宝贝。最多的是我和白家小丽还有梁家小妹的一些布娃娃，有些我们自己做的娃娃头，半成品都在那儿，还有梁家大哥的木头手枪，还有弹弓，弹弓最多，都不让爸爸妈妈知道。因为我妈妈整天盯着我拉小提琴，我哥不爱拉，他不喜欢，我哥哥说那都是靡靡之音，他不爱听，他就爱玩弹弓，打鸟。鸟，蜻蜓，就是我们常玩的。

大家在这个院里就像一个大家庭一样，谁家大人去上班了，上学了，就把钥匙放在白姥姥家，有时都不锁门，白家姥姥给我们看门护院。等我们快回来的时候，她就把我们各家的火炉蒸上米饭或者是蒸上馒头。有时候我妈上班前和点面放在那儿发着，只要跟白姥姥说一声，她就把这个馒头给我们弄好放锅里蒸上。有时候给我们这些孩子最大的惊喜，就是白姥姥会给我们烤一两块白薯，烤得那是满院香。

只要我们一推开这两扇带着两个大门环的黑漆大门——像梁大哥和我哥都是拿脚一踹——就嚷一声："白姥姥，我们回来了。"我们谁回来都不叫自己爸妈，都直呼白姥姥。

我们这个四合院的门口有一个小影壁墙，影壁墙上面画着五脊六兽，而且还有一个鱼缸，罩着铁丝网，里面有几尾红色的金鱼，那是梁家大爷养的。

梁家大爷是工程师，和大妈在同一个单位，他们喜欢设计，也喜欢养一些鱼。院子里还有几棵石榴树，一到石榴熟的时候我们就摘着吃，熟一个吃一个。那种生活真是如天堂一般。

看着苏姐姐沉浸在对童年的回忆之中，我真的不忍打搅她，只是静静地听着。这时，一只不知是喜鹊还是乌鸦的鸟儿从梧桐树上飞走了，原来雨停了。

苏姐姐沉思了一会儿，然后继续讲——

可是当"文化大革命"到来的时候，我们院里可就出事了。白家姥姥因为是因公殉职的革命家属没有任何风险，而梁家父母被送到了五七干校，我父母因为是搞艺术的——我妈妈拉提琴、教音乐，我爸爸教美术——他们也受到了冲击，都被下放到了五七干校。我们又面临着插队的问题，当时我们还小，够不上去插队的年龄，可是想想家里没有人，留下来干吗呢，于是我们这几个孩子就一致要求跟着我大哥，到他插队的地方去。

本来白家小丽是不用去插队的，因为她是烈士子女，而且又是独生子女，享受照顾，不用去插队，可是她不干，偏得去，甚至写了血书，要和我们一起去插队。没办法，白家姥姥给我们五个孩子都拆洗了被褥，给我们每人准备了一套茶缸、牙具、脸盆。白家姥姥一直用她女儿女婿的抚恤金过日子，不是很宽裕，但也不是很紧，所以给我们都准备了一些。我的爸爸妈妈和梁家大爷大妈也都放了些钱给白家姥姥。白家姥姥给我们一切准备好之后，我们这五个孩子戴着红花就走了。没有父母送我们到火车站，我们直接到学校集合，坐上大卡车就走了。

火车开了好几天，我们终于到了祖国的最北端，东北。在东北，我们第一次看到那一望无际的山脉、庄稼和黑黝黝的土地，激动得心潮澎湃。那时我们年纪也小，不知道什么叫吃苦，每天跟着连长，一声哨响，我们就去集合了。我们去挖渠、翻地、播种、秋收，干得热火朝天。那时候我们的吃是不成问题的，有的是粮食，所以我们调着样吃，什么贴饼子，什么拨鱼，蒸发糕，虽然我们不会做，但是白家小妹特别能干，别看她小，但跟着她姥姥学了一手好厨艺。由于她太小了，我们每天下地干活都不让她去，她就给我们做饭。我们还养了鸡，养了鸭，小日子过得也是欢天喜地的。

夕阳西下，劳作了一天的我们，吃完小妹给我们做的饭，然后听小妹在饭桌旁给我们唱歌。所谓的饭桌，就是用白桦的粗木头钉的。有时，小妹在一个废弃的二锅头酒瓶里插几朵小野花，让我们感觉特别有情趣。有的时候她还找块黑红格的手绢放在那个花瓶下面。这么一个露着白茬的白桦树的破木桌，被方格手绢、白瓷瓶和那些红花、黄花、白花、紫花一衬托，一下子就像到了莫斯科餐厅似的。

我们心里可感激她了，白家小妹是我们这儿的开心果，是我们大家的宝贝。我们都可喜欢她了，连长也很喜欢她，没事总跟她开逗。

在这战天斗地的日子里，我们没有什么其他娱乐，就互相聊天，滋生了很多不该发生的爱情故事。我和梁家大哥相爱了，为什么相爱，就源于那时候小提琴不能带来，只是带了把口琴，他本来就喜欢听小提琴，可是我现在只能吹口琴。我吹口琴时，他就在那儿看书。我说我吹口琴，你还看得下去书吗。他说不，没有你的口琴声，我读不进去书。我说你读书是为什么呀，他说我爸妈来信说了，现在形势有些好转，将来肯定要考大学的。我说得了吧，我们还会考大学，咱们都是臭老九的子女。他说臭老九的子女才更应该考大学，因为我们的血管里流着的是知识分子的血。这话一下子把我逗乐了，我说好好好，女子无才便是德，你考大学吧，我继续在这儿战天斗地，与天斗其乐无穷。

就这样，我们俩不知不觉地相爱了。每天吃过饭，我就拿着口琴，他就捧本书，一起到外面，什么也不说，什么也不做，就是我一首一首吹着口琴曲，他一页一页翻着书。而我大哥却爱上了梁家的小妹妹，和她走得很近，因为他们两个都爱唱样板戏，我们每天就听他们吊嗓子。白家的小丽呢，就和他们在一起，给他们当报幕员。他们排练什么《智斗》啊，什么《红灯记》啊，梁大哥的妹妹演李铁梅，我大哥就演李玉和，他们演得可热闹了。白家小妹呢，有事没事就在我们这两对当中来回穿梭，就像一条小鱼儿，自由自在，无忧无虑，她没有爱情，可她有的是我们对她的疼爱。

梁家大哥时不时地就给她抓一把野果或者一捧榛子，我有时给她洗个苹果，帮她削削，反正我们都喜欢她。她真的很单纯，是我们连里最好的小女孩，大家都爱她，连长和指导员为了跟她好差点打起来。可她也不说跟谁好，她跟谁都好，甚至跟谁她都可以骑上人家的背，“背我，跑一圈”，所以大家也没多想，就把她当作一个天真无邪的小妹妹。是呀，那年她还不足 15 岁。

有一天夜里，一场突如其来的暴风雪掩埋了村庄，掩埋了我们的连队，我们的房子被压塌了。那雪来得太猛了，我们这些年轻人干了一天农活都已经酣然大睡，还什么都不知道就被雪埋在了下面。幸亏有连长，不知他从哪儿找来一个大铁锹，爬着跪着把我们往外扒。可是不幸还是发生了，我大哥和梁家小妹，还有六个战友，他们住的那两间房在最边缘，地势有些低，被雪死死地埋住了，再也没有苏醒过来。而我和白家小妹住在一个炕头，我们的地势较高，幸存了下来。当我们被大家救出来的时候，已经冻得不省人事了，是梁大哥背着我，连长背着小丽，把我们送到了几十里外的公社医院，然后用雪不停地给我们搓脚才保住了我们的双脚和双腿。我们苏醒过来，知道了亲人的噩耗后，也没有哭，我们的泪已经冻住了，已经不知道什么是痛，已经被冻得真正麻木了。在公社医院，我们整整麻木了十几天才苏醒过来，才会号啕大哭。这时，梁家大哥，一手搂着我，一手拉着白家小妹妹的手说：“你们放心吧，有我在，我会好好保护你们的。我一定要带着你们回城，回城，回城。”

就这样，难捱的日子开始了，没有了往日的欢笑，风雪夺去了那么多战友的生命，许多战友没有什么显赫的军功，就在睡梦中平静地被大雪吞噬了。没有像黄继光那样光荣牺牲，而是就这样无声无息地葬在了黑土地上。

回城的信息吹到了我们这个偏远的地方，我们拿起背包又放下，什么都不想往回带，我们的青春已经埋葬在这儿了，我们的亲人也埋葬在这里。梁大哥带着我和小丽，给我们的亲人磕了头，上了坟，然后什么也没有带就回到了北京。

白家姥姥，搂着我们三个号啕大哭，因为她真的不忍心告诉我，我的父母已经在五七干校离去了，他们不甘受屈辱，双双投了河。而梁家老母亲，也因为生病得不到及时医治葬在了干校，只有梁家大爷一个人回到了北京。

好在这个院里慢慢地又有了人气，白家姥姥和梁家大爷成了这院的家长，我们三个孩子也各自有了工作单位。白家小妹因为是烈士的子女，很快被分配了工作，到财经局做机关干部。我被分到了文化宫做文艺老师，教小提琴。梁大哥被分到了工厂。

眼看着院里开始有了欢声笑语。梁家大爷和梁大哥把各家的房子包括影壁都修整了一下，重新刷了漆。又重新买了一个大泥瓦盆的鱼缸，又买了几尾金鱼，院里又充满了生气。

谁知，老天爷就是和我们这个四合院过不去。就在我们各自在工作岗位辛勤工作着，梁大哥努力读书准备参加高考的时候，突如其来的一场唐山大地震波及北京，我们这个小院的房子也稀里哗啦地倒下。梁大哥因为看书晚，睡得很沉，在小南屋，眼看着那房梁就要塌下来把他砸到，是白家小丽使劲踹开门，把梁大哥向外拽，就在她把梁大哥拽出来的时候，房梁塌了，砸了小丽的腰，小丽当即就晕倒了。

我和梁大爷、白家姥姥和梁大哥背着小丽匆匆往医院跑。尽管大医院离我们很近，可是那里已经人满为患。北京那么多的老旧房屋倒塌，砸伤了那么多的老百姓，我们只好在那里看着疼得嗷嗷直叫的小丽，陪着她掉眼泪，等啊等啊，等了半天的时间才轮到我们。经过检查，小丽的腰椎骨折了，她将面临瘫痪。我们把她安置在医院陪她住院，其实哪里有病房啊，就住在医院的楼道里，到处都是伤员。我和梁大哥日夜陪着她，照顾她，白家姥姥每天给我们做饭，梁大爷给我们送饭，我们三个人度过了难捱的50多天。还好，可能因为年轻的缘故，小丽的腰椎恢复得很快，只是落下疼痛的毛病，没有瘫痪。

她可以拄着拐走路后，就回了家。回到家以后，我们继续各自忙着各自的事。可是有一天，白家姥姥郑重其事地把梁大爷叫到北屋，我不知道他们说了些什么。到了晚上，梁大哥到我居住的西屋来，对我说，我想跟你说件事。我说，说吧。他说我们出去说吧，我说好。

说实话，从我们回城以后，我觉得还真不如在广阔天地好，在那里虽没有谈情说爱，可很自由，但在城里，一个胡同街坊的人都认识，也担心被人家指指点点，所以我们基本没有出门约过会。这天我们两个一前一后走出了门，到了一个小公园，公园里有很多防震棚，我们站在一个亭子下，他说："我不能和你好了，我得娶小丽。"

我说："为什么？"

他说："小丽为救我砸伤了腰，她姥姥跟我爸说了，不知道她砸坏了哪儿，反正她这辈子嫁不出去了，也不能生孩子，我得养她一辈子。"

我是个特别冷静的人，学小提琴这些年，琴声里面寄托了我的全部，我知道心越沉静，拉出的琴声越好听，我妈妈也说，心越静，你的人生越美，所以我没有哭也没有闹。

只是掉了几滴眼泪而已，我说："好吧。"

他很惊诧于我的冷静，他说："你倒是骂我呀，你打我呀，我向毛主席保证，我心里喜欢的是你。"

我说："毛主席说了，我们都是来自五湖四海的，她现在为救你落了残疾，你应该帮助她，我没事，我和你一起照顾她。"

他说："好。"

这样我们俩默默地分手了。我又回到少年宫继续教琴，但我的心里却像翻江倒海一般，我知道，我要离开这个院子了，因为小丽每天拄着拐在我眼前晃荡的身影，对我真是一个刺激：她是为了救我的男朋友而伤成这样，而我的男朋友又将娶她为妻，我在这里算怎么回事呢？我的爸妈已经留在了南方的土地上，我的亲哥哥也埋在了东北的土地上，我要找我的妈妈爸爸去，因此我给少年宫打了报告，请求调到边远山区，最好是南方山区去支教。那时候就已经有了支援贫困山区的计划，所以我的批复很快就下来了。区教育局还找我谈了话，说我是年轻的榜样，让大家向我学习。我背着这把小提琴，拎着简单的行李，锁上房门，把钥匙放在白姥姥手里就走了。我没有和梁家大哥打招呼，只身一人就来到了南方的山区支教。

二

雨过天晴，老人们陆陆续续地来菩提树下乘凉。不过树叶上的雨滴还没有完全落下，时不时地发出滴答落地的声音。苏姐姐沉浸在回忆当中，我们俩手牵着手离开人越来越多的菩提树，到后花园的小亭子里面坐下来继续聊。

不久，她继续讲道——

我在山区支教，过的是非常非常苦的日子，但是这苦中的乐趣是失恋后最刻骨铭心的日子中最好的良药。每天我和这里的孩子们一起上课，一起为他们做饭。我一开始不会拉风箱，他们就教我。我当年跟白家小丽学了很多面食的做法，我给他们做带有生肖图案的小馒头。我想办法把棒子面贴饼子给他们做出新鲜来，在里面掺上野菜，掺上榆钱，反正我会给他们做很多花样，还会在他们不喜欢吃这些粗茶淡饭的时候，给他们讲相关的故事，比如说“锄禾日当午，汗滴禾下土。谁知盘中餐，粒粒皆辛苦”。

就这样，我一边给他们讲着故事，一边和他们一起吃着这粗茶淡饭。我一个人要兼任这里面的语文老师、数学老师、美术老师、音乐老师、体育老师，所以每天的工作都很忙，没有闲暇时间想梁大哥，想小丽妹妹，而且没有一点儿关于他们的消息。直到有一天镇上专门派人来告诉我，我父母的问题平反了，让我回去领他们的遗物和国家给的补助，就是补发的工资，我真怕这一去就不能再回来了，所以那几天我拼命和学生们一起砍柴，一起把坏掉的黑板重新刷好，把坏掉的乒乓球台子重新砌好，和孩子们一起忙碌了十几天。看到学校整整齐齐焕然一新的样子，我才没有和同学们打招呼——怕他们难过——就悄悄地离开了这里。

后来又来了一批支教的年轻教师。现在这所学校已经不存在，合并到县城去了，可是那些岁月却给我留下了非常美好的记忆，因为那些忙碌的日子和孩子们的纯真笑脸使我克服了失恋的痛苦。我决心用那段快乐弥补我的痛苦，而且我决不会去寻死觅活，我要守着我的梁大哥——在插队时连队里面管他叫梁兄，管我叫祝英台——我要好好为他活着，我知道只要我好好活着，他就会好好对小丽，他就会好好活着。我们是经历过生死离别的人，一定要好好活着。

当我回到北京推开那扇门的时候，我看到了梁大爷，白家姥姥已经不在了，梁大爷一个人守着这个院子，打扫得干干净净，他们小两口儿住进了北房，而我这西房一直锁着，但里面没有什么灰尘，梁大爷隔些日子就会进去帮我打扫，打扫得干干净净。我和梁大爷相互看着、哭着，就在这个时候梁大哥和白家小丽回来了，他们都在政府机关工作，而且都做了干部，他们看到我特别地高兴。小丽使劲拽着我的手摇啊摇，一边捶打着我，一边哭着说“你怎么那么狠心，扔下我就走了，不知道我想你啊”，然后就悄悄问“结婚了吗”。我说还没。然后我告诉她，我谈了男朋友，只是还没有结婚。我不想因为我的到来引起她的不安。她接着问：“你也有男朋友了？”我点了点头。“是干吗的呀。”“也是老师。”“那太好了，你快点生个孩子吧，你知道我不能生，你生了孩子送给我们一个，反正山里也没有人管，然后再生一个好不好？”

我不知说什么好，梁大哥什么也没说，只是说了一句：“我们快去弄饭吧。”“行。”小丽还是单纯得很，她马上和面准备做面。我们大家坐在院子里吃了一顿团圆饭，吃的什么我都不记得了，因为我看什么都没有走心。

我到我爸妈的单位领出了他们的遗物，一些书稿，一些衣服，他们使用的一些随身物品，还有一大笔补发的工资，在当年那真是一大笔钱。我拿着这些钱回到了四合院，梁大爷迎出来说："姑娘，你说你想怎么安置你爸妈。"我说："他们已经在那里入土为安了，有空我就去看看他们，不把他们接回来了。"

梁大爷说："那也好，那你看这个院子，我给你刷刷房，等结婚时用行吗？"

我说："不了，我们不打算在北京结婚，我还想回去。"

梁大爷说："不行，姑娘，绝不能再回去，你一个人在外面，我不放心，你梁大哥也不放心啊。"说到梁大哥，我的眼泪就不自觉地落了下来。

梁大爷说："姑娘，我知道你心里苦，我知道你委屈，可你想想看，咱们街坊这几十年，一辈子的街坊，你们都是发小，小丽当年为了救他伤成那个样子，你说咱们不拉扯她不帮她，谁帮她。"

我说："我知道，我知道，所以我还是要回去。"

梁大爷说："不，你绝不能回去，梁子也跟我说了他的心事，他想照顾你们一辈子，不管你结婚不结婚。他知道你一定没有结婚，你也一定不会结婚。所以你不能离我们太远。这样吧，姑娘，我打听了一下，在北京郊区现在有好几个小别墅村，那里面的房子不很贵，当然比城里的房子要贵，但是那里面都很好，都是小洋楼式的，你爹妈一定也很喜欢，把你爹妈的物品家具搬那去，然后离我们这也很近，我到德胜门坐上长途车就能看你，隔三岔五给你送点东西也方便，这房子还给你留着。"

我说："不不，这房子您住吧。"

"哎呀，我哪住得下这些，你就放着，将来你老了叶落归根。"

“好。”

就这样我没有和梁大哥告别，一个人叫了辆车就草草地去郊区并买了一套小别墅。别墅面积不大，但是周围邻居都很好，都是一些逃避现实或情感受伤的人，我们有共同语言，所以在这里大家相处得都很好。

不久，我在县城一所小学教音乐，后来开始做家教，教孩子们拉琴。由于这里没有少年宫，孩子们要想学琴就得找老师，我就半明半暗地办起了幼儿小提琴班，象征性地收一点费用，其实我没有收费标准，家长们非要给，给我就收，不给我也教。

我知道梁大哥肯定会通过梁大爷找到这里，我这经常有家长接送孩子也不起眼，就是他来了我也可以很好地安置他，最起码我们可以抱头痛哭一场，就是这个愿望支撑着我。

没有几个月，一天傍晚，梁大哥真的来了，他没有敲门，径直推开了院门，我正在院里面乘凉。我惊呆了，手上的蒲扇掉在地上，他手里的提包也掉在地上。我们一步一步往前移，快接近对方的时候又都站住，不约而同地就像小时候玩那个游戏，“木头木头木头人定住”，我们心里都有一个定力，可是此时此刻我们已经顾不得那些定力了，我一个箭步冲上去搂住了他的脖子，他顺势搂住了我的腰，我们紧紧地相拥在一起痛哭流涕。不知哭了多久，天色渐渐黑了，他拥着我走进房间。我那个小别墅是一座两层小楼，有一个四四方方的小院子，两扇铁门还加一个防盗门，然后进来是一个小客厅，楼上是卧室。我们坐在客厅里手拉着手一分钟也不想分开，诉说着我们这些年的悲欢离合。

他没有提小丽，我也没有问小丽。只听他说自己如何考上大学，如何和同学们一起探讨国家大事，如何改革开放，单位要实行承包，他又如何承包，如何取得了很好的经济效益，然后他被调到政府机关挺重要的领导岗位。他说着，我听着，我一句都不插嘴，我就这样呆呆地听他说。

不知不觉天色更黑了。我养了一条小狗，这边的人每家每户都养一条小狗看家护院。我给小狗起名叫黑贝，纯黑色的闪亮的眼睛，那身姿非常魁梧，跟我非常亲近，我真的有一口肉都想给它吃，而它对我更是忠心耿耿。我去学校时要先走一段路程，他就跟着我，直到我到了公交车站它才回来，而我回来的时候它会在公交车站等我。回到家我做饭，它在我后面屁颠屁颠地跟着，然后我说天黑了，它就会到门口去望一望，看看有没有闲杂人员，如果没有，它就把门带上，我再去上锁。

有小朋友来上课时，它就藏在屋后面保证不出来，我跟它说过不许吓到小朋友，而且给它拴上绳子，它就那样任你把它捆上，我说有小朋友来上课了，你先委屈一会儿，把你捆上好吗，它一声都不吭。

这个时候它可能是通人性的。它看我们这么亲密，就趴在院门口，我说进来吧，进来吧。它就进来把门带上。我要去锁门，又不敢去锁，我看着梁兄，梁兄望着我，他一把把我揽在怀里说："我不走了，我不走了。"

我们两个相拥在一起，各用一只手把这个锁锁上，又相拥着回到了楼上的卧室。一夜未眠，我们一直在说，一直在说。不知什么时辰，他说累了，我听乏了，我们就相拥着倒在了床上。

第二天早上天亮了，传来很多家小狗的叫声，而我家的黑贝一声不吭，它知道我今夜有伴儿。虽然我不是今夜无眠，但也是今夜最平安。

苏姐姐说着，我听着。虽然院里有很多老人已经开始散步遛弯儿，可是我们俩都沉浸在诉说和倾听当中。

苏姐姐接着说道——

我们两个没有做约定，也没有做什么，真的，就是相拥而眠，都没有时间脱去衣裳。第二天我给他做了早点，他吃完以后就走了，我没有说再见，他也没有说。

他走了，我却把他的心留下了。那一天我前思后想，一日三餐都没吃，我想我要为他守着这座空房，我甘愿为他守空房，而且我给自己制定了“三大纪律八项注意”：第一不影响他的家庭，第二不影响他的工作，第三不影响他的身体。

就这样我们开始了频繁的交往，不知什么时候他就会推开门进来。我想给他钥匙，他摇了摇头，我想也对，就没再给他，免得惹麻烦。

这么多年，我从来没有给他添过一件衣服，没有给他买过一件礼品，当然我指的是他带走的。在这里，他的内衣、外衣、拖鞋、洗漱用品一应俱全，全部都是他喜欢的，也都是我为他挑选的。在他来的日子里，我绝不涂脂抹粉，绝不喷洒香水，我怕他突然回家，那将会引起麻烦。因此，每当他来到这里进入客厅时，我都会带他换上拖鞋，换上他的家居服，在卧室里有他自己的睡衣，也没有任何气味。他走之前，只要时间允许，我一定让他冲个澡，不带任何气味离开。他穿来什么衣服，就穿走什么衣服。他的包我从来不动。

后来有了手机，不过他的手机从来没在这个房间响过。只有一次，他的手机可能是忘记关掉了，突然响起来，他拿起来就要关掉，我摇了摇头，他冲我笑了笑，接听，原来是单位有人找他。从那以后，每一次他来到这里，手机都是处于关机的状态。

我从来不给他打手机，我没有手机，只有一部座机，我怕他给我打电话，我更不能给他打电话。刚开始还没有手机时，他曾经说："我真的想赶快给你买一个呼机，这样我就可以知道你的信息了。"

我说："不用不用，我在你心里，你在我心里，什么叫心有灵犀一点通，我有事你会知道，你有事我也会知道，不用这些，不惹这些麻烦。"

我这一辈子没有呼机，没有手机，为的是什么，就为了让他耳根子清净，不给他添不必要的麻烦。人们说爱一个人就要给他自由，爱一个人就要让他放松，爱不是单指相貌性情，主要是看心，相由心生，他懂你，你懂他，纵然隔千山万水也会是心心相印的。

有一年他去外地出差，用公用电话打我家里的座机，没有人接，那是晚上。他知道我晚上从来不出门，从来没有应酬活动，就是学生家长邀请，我也不会去，因为晚上都是我等他的时间。他很着急，想给我学校打，但是我没有告诉他学校的电话，况且他也不愿意那样，结果他竟然在夜里加一个班机回来了，半夜时分敲响我的家门。他的预感是正确的，我确实生病了。

年轻的时候不懂得爱惜自己的身体，无论什么情况下都要下田劳动，那时候谁也不会照顾谁，也不懂，所以落下了病根，一到那“倒霉”的日子肚子就会疼痛，疼得死去活来，甚至有大出血。

而他恰巧这时候打电话来，可恰巧那电话不知怎的没有响，可能是电话线被黑贝弄断了。他敲门不见动静，便翻墙跳进来，见我在床上扭曲着身子，疼得满床打滚，他吓坏了，抱起我就要上医院。我对他摇了摇头，说:“不，不，我没事，这是女孩子家的病。”他把我放到床上，给我沏了红糖水，把他的双手使劲搓热再放到我冰凉的肚子上，这大半夜他就一直这么用双手给我烫着，暖着。当他瞥见我身下的床单还在蔓延着血块的时候，他呜呜地哭出了声。

第二天，他早上出门，中午又赶回来，买来桂圆、红枣、西洋参等补品，还有不知从哪儿买的医院用的小垫子，软软的，暖暖的。我除了流泪，什么也说不出来。

从那以后他就计算着我“倒霉”的日子，不管多晚，不管他在哪，都一定赶到我身边。后来他坚持要我用手机，我坚决不用，我知道一旦我有了手机，我就想和他随时保持联系，而他也会跟我一样，一次打电话，两次打电话，可能没事儿,但经常打,肯定会出现很多麻烦,所以我坚持不要手机。

而且我坚持不送给他任何带出去的礼品，只是这个房间有他带回来的很多东西，他到外地出差、出国、开会，都会带一些小物品给我，都是我非常喜欢的，像埃菲尔铁塔的模型，还有斯里兰卡的小象，以及华沙的油画、琥珀，我都放在这个柜子里展示着。

就这样，我们平静地过了很多年。有的时候他工作忙，一个月来不了一次，但只要他有空就会来，我习惯了他的来去匆匆，他习惯了我的平平静静。

我从不问他的工作，也不问他的生活，只是他来了我们就一起聊天、看书。我吹口琴，他依偎在我身边休息。

只是这样，只有这样。我已经很满足了。

那一年汶川地震，他和白家小丽——这是后来我从电视里看到的——带着救援队去那里救灾，结果发生了余震，他们几个人都被留在了那里。

听到这噩耗，我真的是欲哭无泪，赶快坐上长途车去看望梁大爷。梁大爷早已哭晕过去。政府和单位对梁大爷进行了很好的安排，把他安置在一个特别高档的敬老院里，我隔三岔五就去看他。我一千遍一万遍地告诉自己，我要好好活着，我要替他照顾他的老爹。尽管我想追随他而去，但是不行，我一定要为他尽这份义务。直到梁大爷去世，我都是坚持每周最少去看望他两三次，人家都说“你的女儿真孝顺”，我们俩都默认了，都默认为父女。

梁大爷走了以后，我曾经也心灰意冷，觉得这个世界上和我最亲的亲人都走了，我还留在这里干吗？当然还有那些小学生、小孩子们要来学琴，但是现在无论是城镇还是乡村，到处都有教育机构，他们已经不需要我了，我封了琴，再也不拉琴了，也不再教授孩子们。我把那房子卖掉来到了养老院，来这里不是为了别人，我是想把我这些年的生活好好地理一理。我这样做，我觉得很值得，因为我们是两小无猜青梅竹马的一对恋人，天灾把我们分开了，而在分开这些年里我们依旧在一起，依旧心心相印。

一个女人心底永远藏着一个男人，而那个男人又视她为最爱。我们这么相爱，我不觉得逾越了什么，当然于法于情于理都有些过分，但是我做到了恪守自己制定的情人守则，我没有给他添一丝一毫的麻烦，甚至都没有去看望过他。

连他们去世后的追悼会我都没有去，其实我完全可以名正言顺地以他的老街坊、老邻居、发小的身份去参加他们俩的追悼会，但是我没有，我怕亵渎了他们的情感，怕有损他们的形象。所以，我只有默默地在这里守候，守候我们这份爱，守候我们那份情。

只是我有一个小小的遗憾，除了在广阔天地的时候可以手拉手去山上，去河边偷偷地洗澡，这些我们都干过，但是自从他结了婚，我们没有一次共同在公共场合出现，我们没有一起去过一次电影院，我们没有一起逛过一次街，只是这样默默地守护着，守护着这份不该丢失的，也不该再继续的爱。

我们没有像别的恋人那样在阳光下尽情地奔跑。其实，那些年，我的心头时时涌现那些浪漫的镜头：我穿上洁白的婚纱，在草地上，爸爸牵着我，把我交到他的手上。多少次我都有这样的梦境，我也憧憬了很多年，可美梦不会成真的，美梦只留在心底。但是我这个心愿，我只告诉你一个人。

这个院里很多人都对我的大衣柜产生了遐想，其实里面不是什么金银财宝，更不是一柜子的人民币，它只是一件婚纱。

苏姐姐牵着我的手打开大衣柜那把锁，里边赫然出现一袭纯白的漂亮的拖地婚纱，一尘不染。

想必，每当夜深人静，她都会含情脉脉地轻轻整理这件婚纱，慢慢地掸去它上面的浮尘。

苏姐姐轻声说道："我天天在菩提树下拉琴，就是要告诉我的梁大哥，我愿生生世世做他的情人，我愿像梁祝化蝶一样与他双栖双飞。我的遗书就在这上面放着。我告诉最后送我的人，一定要帮我穿上婚纱，我要做一个美丽的新娘，去天国看望我那最亲最亲的爱人。"

THE LAST LETTER

失独

最后的“情书”

主人公小传
名　字：白燕燕
性　别：女
年　龄：73 岁
职　业：退休教师
居住地：原居住在北京某养老机构
　　　　后回南方老家

生命教育课堂上，老师请大家一起互动，用一张白纸画两条坐标线，一条红线写出这一生中最快乐的事情，一条黄线标出最痛苦的事情，一一列出来，列多少条没有限定。

只见这些长者像小学生一样，工工整整地画着、写着。无意间我瞥见了一个身着淡粉色短袖衬衫、白色裤子、粉色鞋子，非常清秀的姐姐端坐在那里，迟迟没有动笔。我走上前问她："有需要让我帮忙的吗？"

她笑了笑，说："没有。"

我又继续到其他课桌前看这些长者填写。很多人写的最高兴的事情都是孩子的出生。这个课堂上有三十几位长者，大家写的第一件高兴的事情几乎都是孩子的出生。

待我又走回这个漂亮姐姐身旁的时候，只见她标注的最高兴的是女儿出生，而黄坐标上最痛苦的是女儿去世，而且还标明女儿那年 26 岁。我的心一下子疼了起来，带着疑问的眼光看着她，她似乎看懂了我的疑惑，点点头说："是的，是的。"

平时在院里跟大家都很亲热地打招呼，这个姐姐也常见。她经常披一件披肩，有时是淡粉色的，有时是淡黄色的，有时候是天蓝色的。但是她这几条披肩都有一个共同的特点，在披肩的左下角都有一朵小花，是她自己绣上的鲁冰花，就像一朵五颜六色的小火炬。我因为在北方很少见这种花，这次到了南方才认识。

这个姐姐说："这种花没有那么多的香味，但是花开很持久。记不记得还有一个同名电影？"

我脱口而出："天上的星星不说话，地上的娃娃想妈妈。"

唱到这儿我觉得口误，赶快捂住嘴，连声说："对不起，姐姐，对不起，对不起，姐姐。"

她说："没什么，这都过去了，这都过去多少年了，我已经走出来了。女儿走了，老伴儿也走了，就剩下我一个人了，我也曾经想和他们一起走，但是被人们救了过来，我还要活着，因为好多事还没做。"

我说："哦，姐姐，姐姐，对不起。"

她说："没事，没事。我也会唱啊，来，我们一起唱。'天上的星星不说话，地上的娃娃想妈妈，天上的星星眨呀眨，妈妈的心呀鲁冰花。'"

我们俩轻轻地哼唱着，惹得周围的长者们都向我们聚拢过来。因为大家都知道这个漂亮姐姐有一个非常漂亮能干的女儿，而女儿的离去对她造成了重创。

白发人送黑发人，这是人生最痛苦的事情。这种痛苦结了疤、结了痂，不知什么时候就会被撕去，又会接着流血，不管结多少层痂，不管撕去多少回，它都会流血，一直流到血干的那一天。这种伤痛是正常人难以想象的。

大家都围拢过来了。有个姐姐说："好了，我们换支歌唱吧，我们唱《红色娘子军》的歌。"

漂亮姐姐竟然说："我来起头吧。'向前进,向前进……'"大家都唱了起来，而那些长者中的哥哥们都默默地退到一旁，然后又合着节拍一起唱起来，"向前进，向前进……"

生命教育这节课，因为漂亮姐姐突然和我讲了这些话而结束，我抱歉地说："老师，对不起，打扰您了。"

老师竟然鼓着掌说："谢谢大家，谢谢你们，把我这节课结束得这样干净、漂亮。"

生命教育就是大家互相诉说，互相影响。我们志愿者的精神不就是用生命影响生命吗？我们都是义工，我们这样做，都是为了一个共同的目标——让老人们开心。

送她回房间的路上，她说道："你看，今天天色多么好，天边的晚霞那么漂亮。你陪我一起去江边走走好吗？"

我说："好啊。那我们吃过饭一起去，不见不散。"

吃完饭，我在楼门口等着她下来，只见她披了一件淡黄色的披肩，披肩左下角一株紫色的鲁冰花是那样耀眼。

我们俩手牵着手来到了江边。

一条江水顺流而下，缓缓地流淌，西边的晚霞把江面照耀得碧光粼粼，就像有许多欢快的锦鲤在那里跳跃，一番生机勃勃的景象。脚下那绿茵茵的草丛中不时蹦出一两朵小野花，探头探脑，晃着你的眼睛，直晃得你去看它、去亲吻它。

我们在江边公园的长竹椅上坐下来。她从小手包里拿出一个小小的笔记本，里面有一方折得方方正正的粉色信纸，信纸上面有许多雪花图案，下方还有一株鲁冰花的图案。

她说："你看看吧，这是我女儿给我留下的遗书。"

这些日子见过很多封遗书，但是像这么漂亮的粉红色的遗书，我还真的是第一次看到。有个心脏外科医生说过，正常人心脏的心尖是粉红色的。我想，这遗书里的话一定都是从心尖里蹦出来的。

我颤巍巍地打开了这封粉红色的"情书"。上面有些字模糊了，我知道一定是这位母亲在读女儿的这封遗书时留下的泪痕。

我在心里默默读起来——

我亲爱的爸爸、亲爱的妈妈，我就要离开你们了。我知道，自从你们把我带到这个世界上来，我的眼前、身边到处都是鲜花美景，到处都是蓝天白云。因为有你们的呵护，我的成长是那样的一帆风顺。从小学、初中、高中到大学，我走的是一条多么平坦的大路啊！

我在学校学习成绩一直名列前茅，因为有爸爸给我辅导。妈妈是服装设计师，我从小到大的衣装，不管是旧衣服，还是新衣服，都那么与众不同。妈妈为我搭配的服饰永远是班里的时尚风向标。那一张张笑脸的照片更是我留给爸妈最好的回报、最好的见证，因为我快乐，因为我幸福，我被幸福和快乐包围着。

我身边有那么多的好朋友，我工作单位的同志们和我相处得非常好，因为我既有爸爸的智慧，也有妈妈的巧手，经常帮大家修修改改，将一些时尚元素加入他们的旧衣服，大家都称我是时尚高手。我也乐意为他们服务。可是繁重的工作、超强度的加班，使我没有更多的时间陪伴爸爸妈妈。特别是我有了男朋友以后，我们两个经常去旅游，天南地北地旅游，只要有假期我们立刻就走，有好几个春节我们都是在国外度过的，都没有和爸妈一起包饺子。

这一点当时我们还觉得很兴奋，记得爸爸妈妈从来没有责怪过我们。那一年我们在迪拜，我和妈妈通电话，妈妈说乖孩子，吃饺子的旧风俗已经不重要了，只要你快乐，妈妈就比吃了金饺子还开心哪！

还有一次，我们也是在国外度假，而妈妈病了。可是当我们打电话的时候妈妈却强打精神说："我没事，我好着呢！我和你爸在遛弯儿。"我明明听到里面护士在喊："谁的液，谁该换液了？"我知道，那是妈妈在输液，因为妈妈有很重的颈椎病，长年伏案的设计工作使妈妈患上了职业病。可是我没有时间来陪伴爸爸妈妈，甚至我从来没有陪伴你们看过一次病。我总以为我的爸爸妈妈还那么年轻，他们还不到六十岁。妈妈永远是那么时尚，上班是一身职业装，出去开会，或者是陪爸爸一起出席什么活动也是那么端庄、大方，穿戴是那样得体，色彩搭配是那样和谐。妈妈的包包和妈妈的服饰都是那样排放整齐，从来没有混乱过，从来没有出现过不搭的状况。

妈妈是我心中的女神，是我心中比明星还漂亮的明星。我以为妈妈永远不会生病，妈妈永远不会有白头发。而当我们唱着那首《鲁冰花》歌曲，说“青春只剩下日记，乌丝已经变成白发”，那一刻我真的震惊了，我赶紧跑回家，搂着妈妈找白头发。

果然在妈妈的头上我发现了丝丝白发，在爸爸的鬓角我也看到了那一缕一缕的白发。我知道爸妈老了，从那一刻我和男朋友约定，一定要多抽时间陪爸妈，即使没有时间陪，我们也要给你们买最好的吃的穿的用的。我们给你们二老买了最时尚的手机，买了最漂亮的服饰，给妈妈买了香奈儿香水，给爸爸买了浪琴手表。我们愿你们年轻，愿你们时尚。

可是我们无论花了多少钱，都没有花一点点时间陪你们哪！这次我生病是那么突然，猝不及防就把我打了个跟头。在病房我看到妈妈每天为我送来可口的饭菜，看到爸爸在病房来回踱步。我的心都要碎了，我看到你们真像伍子胥那样一夜白了头啊。

我这才感觉到我怎么那么傻呢，给你们买了新手机，可是你们和谁通话呢？我没有时间和你们通话。

给你们买了漂亮的服饰，可是没有人带你们出席各种活动，女儿真的是不孝啊！

想到这我真的很痛苦，想想我曾经和妈妈描述的，我说我要陪着你们去坐一次邮轮，我们畅游地中海、畅游欧洲。在那甲板上，我们在躺椅上看着蓝天白云，看着一望无际的蔚蓝色大海。然后我们游泳，我们吃东西，吃世界各地的美食，我们购物，只要妈妈您看上的，只要是这艘船上卖的，不管是多么高端的奢侈品，只要妈妈你看上的，女儿一定给您买。

这些年女儿做到了高管的职位，女儿的年薪是很高的啊！我一年的工资就相当于你们这一辈子的积蓄呀，所以女儿什么也不愁，不愁吃，不愁穿，不愁快乐，不愁幸福。我的男朋友也是那样宠爱我，尽量满足我的一切需求，我说去哪，说走就走，可是我们唯独忽略了一点，没有陪伴着爸妈呀。

亲爱的爸爸妈妈，病魔来了，事已至此，说什么也都没有意义了，没有意义的事情女儿做了很多很多。

可是今天女儿要做一件有意义的事情，特别特别委托我的爸爸妈妈，你们一定要帮助女儿完成一个心愿。因为我是独生子女，从小我就喜欢和小朋友们在一起。当初我和男朋友还商定，等我们结婚以后要生一大群的孩子（当然是在国家政策允许的情况下），我们要让爸爸妈妈天天享受着天伦之乐，我们要把孩子们从一排到六，一二三四五六，排成一个班，让他们每天陪着爷爷奶奶外婆外公，一起唱歌跳舞。那样我们会多开心呀！可是我永远没有做母亲的机会了，我想请妈妈把我的一部分积蓄捐给一个幼儿园，或者捐给那些上不起幼儿园的孩子们，或者开办一个幼儿园，让我的心愿能够陪伴妈妈，度过失去我的这段苦难日子。

第二件事，亲爱的爸爸，请您一定要记住，我委托我男朋友为你们订购了几年的花木，我知道妈妈喜欢花，爸爸喜欢树木盆景。我和花木公司达成了协议，也交付了定金。花木公司每个月负责为你们送花上门，而且帮你们替换，让你们屋前屋后，虽然没有了我的欢笑，但一定有鲜花相陪，一定有盆景相伴。

还有爸爸妈妈你们的生日、结婚纪念日和我的生日，我都会让花木公司为你们送上一捧鲁冰花。妈妈，记得我们一起看的电影《鲁冰花》吗？“天上的星星不说话，地上的娃娃想妈妈。”妈妈呀，就是我到了天国，就是您不说话，我还是会在那边想妈妈的呀！

妈妈，您一定要好好活着，一定要帮女儿实现办一所幼儿园的愿望，让女儿在自责中把爱传给他们。让妈妈您能够顺利度过失去女儿的日子。

我真的不敢想象失去我，妈妈会怎样？可是妈妈，我要告诉您，即使在此时此刻我也很幸福。世上没有几个孩子能有这种幸福的，生在妈妈的怀抱，死也在妈妈的怀抱。

妈妈，也许您会认为我很自私，但是您就允许女儿最后再自私一次吧，在我走的时候，妈妈一定要抱着我，一定要让女儿在妈妈的怀抱里离开这个美丽的世界。

我看不下去了，泪水早已顺着脸颊滴答滴答地落了下来，我急忙把信笺拿开，但还是不小心让几滴泪落在了上面。我知道，这封遗书姐姐没给别人看过，上面全是她的泪痕，而现在又增添了我的几滴泪斑。

作为母亲连想都不敢想的这种事情，发生在了这位姐姐身上，她是怎样捱过那苦难岁月的啊！同时我又感叹，好个聪明的女孩子呀，竟然交给妈妈一个自己的心愿，我知道她这个心愿就是激励妈妈好好地活下去，如果没有她这个遗愿，妈妈肯定会扛不过去的。

果然，漂亮姐姐擦了擦眼角的泪，说道："你要说的话我知道，女儿要说的话我更明白，女儿是怕我寂寞，怕我走不出这个阴影。所以女儿给我布置了任务。说真的，当女儿走的时候，我还没有看见她的遗书，但我还真的就是一直紧紧地抱着她，把房间的灯都打得通亮，把鲜花摆了一屋子。我紧紧抱着女儿，一直送她走到天国。把她的事情办完以后，我一个人悄悄地溜了出来，真的走到江边，真的一头扎进了滚滚江水中，想赶紧陪女儿去。后来被一群年轻的学生发现了，他们救起了我，老伴儿也赶来了，女儿的男朋友也赶来了。

"大家都劝慰我，同时老伴儿把女儿的遗书拿给我看。看了以后我当即表示为了女儿的遗愿，一定要好好活着。我请大家放心，同时我心里默默地发誓，女儿啊，你在天上看着，妈妈一定活出个样，一定把你的遗愿完成好。

"我坚强地活了下来，我和老伴儿一起到边远的山区去，我们把女儿的积蓄捐给那里的教育部门，由他们建了一所幼儿园。他们要用女儿的名字命名，我坚持没有用女儿的名字命名，而是由他们按照当地的习惯，以他们的村名地名来命名那所幼儿园。我和老伴儿还给他们送去了很多的小人书和玩具。我们花了将近三年时间才完成女儿这一心愿。

"在女儿的心愿完成后不久，我和老伴儿带着女儿的照片和女儿的男朋友一起去旅游，他也是为了完成我女儿的心愿。在这个有情有义的男孩的陪伴下，我们旅游了十五天又回到了国内。我们人在海上漂泊，心却一直系在女儿身上，每天我都要对着星星为女儿唱这首《鲁冰花》。可是就是这样也没有把女儿唤进梦中和我同眠。

“女儿太幸福了，她太满足了，她躺在妈妈的怀里走了，所以她从不来叨扰我，从不给我托梦。而老伴儿却在回来不久后中风了，虽然积极抢救，但还是走了。

“我知道，老伴儿是因为心里一直惦记着女儿，他怎么也不能释怀。老伴儿每天都要打理这些花花草草，因为女儿委托了花木公司，每个月都定时为我们更换花卉。她爸爸每次见到这些花卉，都说：‘女儿，你回来了，你回来看爸爸了。’他一直走不出这个坎儿，所以他把我撇下去陪女儿了。”

她说到这，眼泪又一次涌出眼眶。我把她揽在怀里，让她趴在我的肩头，在这春风细雨的江边，轻轻地抽泣。

面对别人的悲伤时，很多人总是用话语岔开，我不这样，我想，人有哭的权利。悲痛积压在心底终究会积出大病，“化悲痛为力量”只是一句豪言壮语，这个悲痛必须释放出来。我应该给她一个肩膀让她的悲痛随着泪水释放出来。

她趴在我的肩头呜呜地哭着，我轻轻地抚摸着她的后背和肩膀，让她渐渐地缓过来。

停了一会儿，她说道：“好了，其实我已经走出来了，我已经走过了那些悲伤的日子。”

是的，她不仅走出了悲伤，而且还成为了天津 SOS 村的志愿者——一名志愿奶奶。

她说：“女儿的遗书我读了几遍，我从中也感到了女儿对我的爱，女儿给我留下的不是任务，那是一种爱的传承。女儿爱孩子们，爱她的妈妈，所以她要找些事让妈妈来做。正是女儿的这份遗嘱使我走过了黑暗，并且在失去老伴儿之后能够走出阴霾，开始一种新的状态，用我此生的力量去影响别人的生命。用生命影响生命，应该说，这就是爱的传承吧。

“我已经获得批准，以后逢年过节我都会到 SOS 村做志愿奶奶。我女儿委托的花木公司每个月还会给我送一些花木，我已经把它移交到 SOS 村，送给那里的孩子们了。

“我女儿的男朋友要结婚了，他带着他的新女朋友一起来看我，并且认我做干妈。我会祝福他们，爱他们就像爱我的女儿女婿一样。而他们两个年轻人就吸取了我女儿的教训，他们经常一起去看他们自己的父母，也来看望我。说实话，他们来看我的次数比我女儿活着的时候都多。

“我要告诉我身边的人，或者陪伴我走到生命终点的人，把爱传下去，我未完的心愿就是让更多的兄弟姐妹一起到 SOS 村做志愿爷爷、奶奶、外公、外婆，让那些孤单的花朵幸福地开放。

“同时我也希望临死前身旁能够有一束鲁冰花，因为我要带着鲁冰花去看我的女儿。”

漂亮姐姐看我有些伤感，笑呵呵说：“不要这样，薛老师，我们都是向死而生的人。尤其我们做过母亲，我们要学会坚强，我们要学会博爱。”

有容乃大，我们容得下天下、容得下儿女，我们更能容得下大爱。让我们这些做母亲的一起把这些大爱传给更多人，让那鲁冰花伴着那歌声唱给世界上所有的妈妈，唱给世界上所有的儿女，让儿女对妈妈的爱，妈妈对儿女的爱，一代一代传下去。

图书在版编目（CIP）数据

人间最后一封信 / 薛晓萍著 .— 武汉：长江文艺出版社，2018.4

ISBN 978-7-5702-0339-0

I. ①人… II. ①薛… III. ①随笔—作品集—中国—当代 IV. ① I267.1

中国版本图书馆 CIP 数据核字 (2018) 第 057465 号

人间最后一封信

薛晓萍　著

选题产品策划生产机构 | 北京长江新世纪文化传媒有限公司

总 策 划 | 金丽红　黎　波　安波舜

特约策划 | 文钻图书・傅兴文

责任编辑 | 张　维　　装帧设计 | 郭　璐　　媒体运营 | 刘　峥

助理编辑 | 赵晨阳　　内文制作 | 张景莹　　责任印制 | 张志杰　王会利

法律顾问 | 张艳萍　　版权代理 | 何　红

总 发 行 | 北京长江新世纪文化传媒有限公司

电　　话 | 010-58678881　　传　　真 | 010-58677346

地　　址 | 北京市朝阳区曙光西里甲 6 号时间国际大厦 A 座 1905 室　　邮　编 | 100028

出　　版 | 长江出版传媒 | 长江文艺出版社

地　　址 | 湖北省武汉市雄楚大街 268 号湖北出版文化城 B 座 9-11 楼　　邮　编 | 430070

印　　刷 | 大厂回族自治县彩虹印刷有限公司

开　　本 | 880 毫米 ×1230 毫米 1/32　　印　　张 | 6.875

版　　次 | 2018 年 4 月第 1 版　　印　　次 | 2018 年 4 月第 1 次印刷

字　　数 | 149 千字

定　　价 | 42.00 元